当代中国文学书馆

dangdaizhongguowenxueshuguan

青春作伴好还乡

肖瑶 著

中国文联出版社

图书在版编目（CIP）数据

青春作伴好还乡 / 肖瑶著 . -- 北京：中国文联出版社，2017.1（2023.3重印）

ISBN 978 - 7 - 5190 - 2419 - 2

Ⅰ.①青… Ⅱ.①肖… Ⅲ.①游记—作品集—中国—当代 Ⅳ.①I267.4

中国版本图书馆 CIP 数据核字（2016）第 308283 号

著　　者　肖　瑶
责任编辑　郭　锋
责任校对　李佳莹
装帧设计　中联华文

出版发行　中国文联出版社有限公司
地　　址　北京市朝阳区农展馆南里 10 号　　　　邮编　100125
电　　话　010 - 85923025（发行部）　　　　85923091（总编室）
经　　销　全国新华书店等
印　　刷　三河市华东印刷有限公司

开　　本　787 毫米×1092 毫米　　1/16
印　　张　10.5
字　　数　178 千字
版　　次　2023 年 3 月第 1 版第 2 次印刷
定　　价　58.00 元

心灵即故乡

文/古清生

在行走的日子里，最想回家炖一大锅汤，饥渴全解了。很长的时间，我也是在路上，心里向着远方，却也惦着归途。风尘仆仆地去往陌域，抵达那些自然与历史现场，悉知世界其他的同类是如何的活法，这是人与其他动物的本质区别。读到肖瑶君的新书稿《青春作伴好还乡》，心里面有诸多未同路而知路远的会意，此君原也是一位女侠。以前，在青岛电视台与肖瑶一道品饮，未想到她会有漂泊天、涯的念想。那时候，她是一位美丽、青春而优秀的电视台编导。特别地记得她散席前的一句话：这回离去你将去往何方？

不知何故，听到这样一句关切的问候，心里蓦然一动，想着"我要去何方呢"？去青岛不外乎做一次节目，本也是一次短暂的行旅嘛。那个美丽而典雅的海滨城市，想着在这里生活的人很幸福。但是，肖瑶也选择了行走，离开了电视台，去拍纪录片，写作行走的文字，且和朋友们一起到过我的神农架红举茶园。那次短暂的相聚，又是一别多年。

肖瑶的文字中，尤其擅长将对故乡的情感贯穿其中，辽阔而遥远的大新疆，她出生和成长的地方，大漠雪山，那无边无际的草原和沙漠，延绵不止的山群，我也常想到塔克拉玛干沙漠和塔里木河，我心中的新疆只是符号化的标志性地貌，在肖瑶的描述中，则是她的诞生地和父老乡亲。我在想，拥有大新疆这样一个故乡，确实需要怀念和书写。从那里走出来的人，也一定心地宽广。所以，特别能理解肖瑶对故乡的思念，以至起念何时也再去走一趟大新疆。

现代人都是行走人。在现代化的时代，离开乡土或者居住地，去往陌域重建人生，以至生活的积累增多，人就会有多个故乡了。一直以为，肖瑶的故乡应该是青岛。作为生活在青岛的肖瑶，青岛理所当然也是肖瑶的故乡了。在她漂泊的日子，只能如此道来吧，心灵即故乡。你的心灵装着哪片土地，哪里就是你的故乡。沉甸甸的，不能忘怀的。

当行走构成一种生活方式，亲历了无数山川风景，且以图文记录下来，那心迹与足迹的轨道，引领读者观照的世界，它也已经是追肖瑶心路的范本。作为肖瑶这本书的第一读者，用我这拿惯锄头把的手敲键，给肖瑶君写一篇文字，竟也花费了许多时日。因为一直觉得肖瑶生活在青岛海滨，或也有些时间出游，怎的忽然就写就一本行旅散文呢？

终也释然，徐霞客写作《徐霞客游记》，亦非一次远行而成之。唯肖瑶的写作，侧重于对人的观察与描述。或许是女作家兼电视人的特质，在陌域与人的交往和静观，皆化作她对人生勘察与感悟的表达，地理地貌只作为肖瑶写作人的背景而已。因此，读着肖瑶的文章，不是想着也要去肖瑶游过之处一游，而是想陪着肖瑶随便去什么地方一游。

到底人生也就是一些路和光阴组成。世界本是有路则近，无路则远。沿着肖瑶铺筑的一条条文字之路，我乐于循着肖瑶目中的风景进行一次精神漫旅。太阳每天都会照临，雨天休息。一个能风雨兼程的人，那就是真正的领路人。这样脑海里就会呈现一幅图景，山川河流，抑或海滨，一位女侠行走的背景。

千江有水千江月

黄春玲

"你写PPT时，阿拉斯加的鳕鱼正跃出水面，你看报表时，梅里雪山的金丝猴刚好爬上树尖。你挤进地铁时，西藏的山鹰一直盘旋云端，你在会议中吵架时，尼泊尔的背包客一起端起酒杯坐在火堆旁。有一些穿高跟鞋走不到的路，有一些喷着香水闻不到的空气，有一些在写字楼里永远遇不见的人。"

这是好友肖瑶的第二本书。第一本她写了"在写字楼里永远遇不见的人"，第二本要写"高跟鞋走不到的路"。她做过纪录片导演，做过杂志主编，自己创业做过老板，也就是说，她拼了命写过PPT，也看过鱼儿跃出水面；她熟知报表，也捕捉过小猴的调皮；她挤过地铁，秋天深了的时候，她亦体会到"神的故乡鹰在言语"。

作为她多年好友，对于瑶姐处理好了"眼前的苟且"与"诗与远方"倒是没有什么意外。羡慕嫉妒的是，从她的文字里，我看到了她在行走中读懂的时间与世界，看到世界万物的价值在她笔下的重新排序，看到了我们被庸常生活忽视的常识被反思和思考。

2016年7月16日清晨，手机新闻说"土耳其发生政变，大桥被武装占领"。蓝色土耳其……我在脑海里拉出博斯布鲁斯大桥的影像。大桥两端截然不同又自然融合的欧亚风情，大桥下只裹了盐不加任何佐料烤鱼的清甜，大桥下游船上遥望祖国饮过的Raki……我在微信群里说"祈愿世界和平"。

过了几日，我们相聚，新疆人瑶姐说起她行走边疆200天，从乌鲁木齐到塔城，从和田到天山，八千里路云和月，幼年时候看到的江山信美民族风情，与此去风尘之后感知的秦时明月家国情仇。山川河流还是一样的山川河流，我们变了，风物情志也变了。遂同慨叹，无政府主义值得哲学家费时思考，吾等小民真心祈愿世界和平。

这大概算旅行让我们生出的温柔意思，对陌生的国度，陌生的群体，陌生人的历史，突然地心生善意。我们理解并感恩保留下的史迹，记录下的故事，同时有依有据地想象时间与空间。在浩渺河山和泱泱历史中，作为个体的渺小让我们懂得敬畏与探索；而通过对同一世界的小叩，得到不同的回响，又使得我们为自己是每一个独一无二的个体而骄傲。"我们不会永远年轻，不会永远热泪盈眶，却依然对一个更美好的世界怀有乡愁。"

扬之水先生说读书是一个"小叩而大响"。这本书算作瑶姐儿通过旅行对世界的叩与响，她胸中沟壑万千，涓涓细流，汇集于此。时间矢志流逝，繁华都会归于寂静，而流逝如此家常，往往发生在不知不觉中，当一年又一年的365天这样过去，诚如王菲所唱"相聚离开都有时候，没有什么会永垂不朽"，瑶姐却在她的笔下留驻了地图上许多地方的风和日丽。短暂光阴里的欢笑哭泣，白天与夜晚的星辰大海，她的爱与思念。她在行走中智识进步而毫不把进步当作优势，她与"远方"的对话，正是旅行的意义。

每一天的晚钟拂过，带回远归的旅人，与他乡他人他物的分离，都使今日成为昨日。而昨日那些金光闪闪的吉光片羽，让我们在疲惫的日常感到一些苏醒的力量，这力量让我们热爱日常。希望瑶姐的新书也如秋水长天，带给读者愉悦，更带给她自己明澄和愈多智慧。

CONTENTS · 目录

第一部分　愿无岁月可回头

第二部分 岁月的冰河

第三部分 阳光就像蜜一样

第四部分　四月初走

第五部分　南山南

第六部分 十年几度

第一部分　愿无岁月可回头

让我如何不说它

通常而言，我不算是多话的人。尤其是在以陌生人组结起来的饭局（以及其他什么局）上。多听、多想、多领会多学习，更重要的是，多吃、多喝一这些，才是人微言轻者所必须遵守的社会规则吧！

可是，最近两年，我发现自己在多数时候尚能保持本相，却唯独在说起一件事情的时候，绝对能三分钟变话痨，且屡试不爽。经常到曲终人散时，我才意识到：哎哟，今天又说多了。

那是，关于新疆，我的故乡。

我会说虽然没有长成高鼻深目的美人样儿，但我的确来自新疆，"新疆人"不单指某个特定的民族，所有生活在那里的三十多个民族，都叫"新疆人"。

我会说新疆其实没有传闻中那么可怕，我的家人、朋友、同学目前仍然在那里安居乐业过日子，我每年都会来回那里几次，是省亲访友而不是涉险进入"敌占区"。

我会说新疆很多地方其实很繁华不比大城市差，那里的人们思维前卫、衣着时尚，能挣钱、能花钱，接受外来事物甚至要强于内地很多人。

我会说新疆是有问题，但真的不是谁欺负谁、谁抢了谁的东西的问题，那里有民族政策问题、有政府腐败问题、有民间的心焦，也有传媒的无奈。

我会说新疆出土过的文物里有 1600 年前的水饺，这说明新疆自古以来就是多民族聚居区，汉族人不是那里的占领者，那种"你抢了人家的东西所以人家反抗是应该的"说法，我真的不能认同。

……

无论在任何场合下，除非不提起新疆问题，但凡提到，我就像是水龙头打开了阀门，啰啰唆唆，没完没了地说，说、说、生怕人家不明白，生怕有人听不懂。一个问题，在这个场合说过一遍，到了另一个场合面对另一批人，我还要不厌其烦地再说一遍。而每当遇到有人质疑或者反对，我的不依不饶和据理力争，过后每每自己回想起来，都会觉得好笑和汗颜。

新疆本土诗人周涛在他的口述自传里提到，古人讲究士为知己者死，他却认为应该是"士当为自己的土地而死。土地是知己者，因为这块土地不光养育了你，这块土地上的人也充分了解了你，最认识你、最抬举你、你不死在这儿，你死在一群根本不理你的人那里干啥？只有新疆的人是你的亲人，死在亲人的身边是最好的归宿"。

我从来没有想过自己的归宿将会是在哪里。只是，直到意识到自己总会在每一个提起新疆的时刻絮絮叨叨难以自抑，我才明白，那个已经离开13年的地方，在我身上打下的烙印有多深。就像我的血肉至亲，即便早已分离，却总是魂灵相牵。有人欺负它，我会心痛；有人曲解它，我会愤怒；分离的时间越长，哪怕乡音已然难寻，我却越来越愿意四处标榜，它才是我的出处。即便不曾被授权，我却在任何一个提到它的场合里，挺身而出，担当它并不合格的代言人。

直到这个时候，我才真正体会到，莫言为什么说，故乡是"血地"。

所以，所有被我的鼓噪搅扰的人啊，请你像了解自己的乡情一样，了解和体谅一个新疆人吧。那片生她养她的土地，无论身在何处，她早已离不开他；所有关于它的话题，她永远也不可能不言不语不说它。

塔城是一座城

1

我有一男性发小，四分之一维吾尔族血统，形貌可算英俊。在同龄人里他算结婚特别晚的，结果倒还真挑了个极品。姑娘性情温婉，长相极美。高挑的身材，皮肤嫩到有吹弹可破的意思。尤其是两只眼睛，有些蓝又带点儿绿，猫儿一般，让人看着看着，不由得就会陷进去。

他第一次带她来见我时，惊为天人已经不足以形容我的赞叹。可这哥们儿淡淡地说："她是俄罗斯混血啊，她们塔城很多人都这样。"

从此我记住了塔城。

2

塔城一路，我都在说，我爱这座城市，没人信。它太过迷你，也太过偏僻。可是为什么，在我看来，这里的每一天，都像旧电影里所展现的那些最美好的时光—蓝天是不吝的蓝，白云是不吝的低，阳光是不吝的时时刻刻，人们是不吝的微笑与温和。它不徐不疾，不张不狂，它的每时每刻，都像熨斗遇到湿衣服，轻轻柔柔抚过心扉，妥妥帖帖把灵魂安放。

3

7月的塔城，是这样一座城：太阳是慷慨的财主，从早到晚眷顾着这里。城市绿化极好，到处绿影遮蔽。一整天都有阳光从行道树的缝隙里照射下来，让人行道沐浴在明明暗暗的光斑里。在树下穿行便成了最好的享受。离开树，全身会被晒得暴热，一旦躲进树底下，风就不知从哪里吹过来。叶片飒飒响着，那些星星点点的光斑便也跳跳嗒嗒地蹦到你的肩膀上、头发上、笑脸上。

大街小巷总是干净得出奇，大概是因为沿街的小店儿总有勤劳的女主人。她们喜欢一大早就将门前的人行道打扫得干干净净，然后薄薄洒上一层清水。西部炎烈的太阳很快会将那层水晒干，在砖地或水泥地上留下一块一块淡淡的水印，像天上有位神仙在写毛笔字，不经意时甩下一些带水的墨渍。然后，再洒一层水，干去，再洒……于是，城市里的许多街道，全天都会浸润在这些灰色的水印里，伴着空气里土与水混合的味道，闻起来又新鲜，又纯净。

4

7月的塔城，还是一座美到让人发呆的城。我是有多爱坐在路边树荫下发呆看美人儿哪！这里的女人一水儿的高白瘦，两条如椽长腿，白生生、嫩生生，看得人欲罢不能。无论姑娘或者少妇，甚至孩子都快跟自己一般儿高的辣妈，全都穿着今年最流行的伞裙，连衣短款，水果色系。你能想象吗？刚刚看到一位长发披肩，淡绿色伞裙的女子从面前窈窕走过，啧啧的赞叹还未发完，立马就有一位留时髦短发，蹬一双"恨天高"透明凉鞋，着一条短到不能再短的明黄色迷你伞裙的姑娘从眼前飘过……我那稀里哗啦的口水呀，"看腿！看腿！有多美！"

在塔城5天，我就像个花痴，满街看美腿。其实不只女人，这里的男男女女好像各个儿身材高大、皮肤白净、眉目深阔、穿着得体。坐在路边看那些美好高挑的人儿从阴凉的树下悠悠然走过去，你会奇怪上苍怎么会如此偏心，它似乎用尽了所有对人类关于美丽的想象，来塑造这座城、这里的人。

5

高楼是少见的。在塔城待了5天，几乎走遍了每条街道，仅有的高楼，是广场旁的两栋，孤零零，很不合群的样子。塔城的小楼基本四五层高，楼体颜色要么大红大蓝，浓艳得吓人；要么就跟姑娘们的裙子一样，水果色系。在郊外一处冰激凌制作工厂，我们甚至生生被一院翠绿翠绿的厂房给惊住了。那比春芽还嫩的绿的墙体，配着比鸡冠花还红的屋顶，衬在蓝的几乎要滴水的天空下……那场景实在太美太刺激，很长时间过去，眼睛恍惚不清，心思如坠梦里。

说起冰激凌，塔城真是一座奇妙的城。我也走过许多地方，极少见马路上有那么多的冷饮店，更少见的是，大中午头儿，两个身形魁梧的汉子面对面坐在冷饮店里，各人手里捧着的，不是冰啤不是可乐，竟是华丽丽的冰激凌！塔城冷饮店三件宝：冰激凌、酸梅汤、卡瓦斯（一种类似啤酒的少数民族饮料）。而每时每刻，你都能看到有挂着乌鲁木齐之类牌照的车辆停在店门口，人们选择用泡沫塑料箱子装上满满几箱冰激凌或者酸梅汤上路。有人会奇怪：其他地方不做这些东西吗？可是，新疆人认的就是塔城出品，没办法。

6

在许久以前那个特殊的年代里，塔城接纳了来自苏联的大量华侨。他们中的很多人都带回了俄罗斯媳妇，让遥远的血统为这座城的美丽打下了优质的混血基础。同时，那些媳妇们也带来了纯属于俄罗斯的手艺：自己酿酒，自己制作冰激凌，自己做大列巴和糕点，还有各种俄罗斯风味美食。

时至今日，这座城里的俄罗斯族早已不是主要民族，各民族间的通婚现象却在全疆都是少见的。哈萨克小伙儿娶了达斡尔姑娘，汉族姑娘嫁了锡伯族小伙儿……在塔城5天，我们遇到的几乎每一个采访对象家里，都有两个以上的民族，人人说起这事儿来，都是一副蛮骄傲的样子。

7

不知是不是因为太阳太过浓烈，白天的塔城，是一座静谧的城。人们在光影里慢悠悠地走过，不带一点儿喧嚣和浮躁。静坐在树下，耳边也完全没有南方夏日里那样聒噪的蝉鸣声。一切都是安静的、温和的、慢吞吞的。开车走在路上，道路宽阔，四处是空，只有琳琅满目的美食招牌，才让你感觉到，这里的里院小街里，原来隐藏着许多市井，各种生活。

只有在一天的日光浴过后，夕阳西下时的塔城，才开始变成一座欢腾的城。大街小巷的冷饮摊从店里直到门外，坐满整整一条街。端酸梅汤的小伙子忙不迭地往各桌递上冷饮，旁边总有背着双肩包的旅人满怀兴致地研究着柜台后五颜六色的冰激凌。

7月塔城，入夜的广场绝对可以用人山人海来形容，你甚至会怀疑全塔城的人都在这个时候出动了。遛弯的、打球的、做操的，还有那男女老少都参与，堪称规模壮阔的广场舞……同行有人突然喃喃道：这得多让人嫉妒啊……我知道，就在塔城人呼儿嘿哟地跳着广场舞的时候，在离它不算很远的某些地方，广场，是禁区。

8

塔城是一座边境城市，沿途我们遥望着蓝色的阿拉湖，也总有人念叨着李白当年其实是碎叶人，哈萨克族。趁着工作间隙，去巴克图口岸转了转。远远看过去，界碑那边的哈萨克斯坦地面，荒草丛生，几乎没有人烟。而中国这边，有卖门票的，有招揽游客拍照的，也有举着小黄旗的少数民族导游，正跟南来北往的人神侃的。我们在界碑边拍了个合影，夕阳西下，是纯属于塔城的蓝天与白云，花儿与微笑。

9

我们走访的那座嫩绿色冰激凌工厂，是一位祖籍山东青岛的胖大哥所建。空闲时候，跟他坐在院儿里聊天。其间，一身材魁梧，样貌端正的中年男子缓缓走进院来，也不怎么寒暄，就自己在旁边的椅子上坐下来，跟着一起聊。话题聊得很散，七七八八的，说来说去，我才突然意识到，哦哦，新进来的这位，不只是工厂胖老板的亲弟弟，还是塔城市的副市长！

大家哼哼哈哈开了阵玩笑，那副市长径自开着车又走了。我问胖老板："干吗不介绍介绍呀，这搞得多失礼。"老板半黑着一张脸："那有啥介绍的，在我这儿，他就是我弟，什么市长不市长！"我问他："厂子建好了，未来有什么规划呀？"他说："我没什么大理想，厂子建好了，我就不管了。就到这院子门口，当个看门老头，养牛、种菜。"

又问起他还会想要回山东老家吗，他看着面前的一院儿白菜、辣椒、西红柿，慢悠悠地说：回什么回："塔城多好啊，我这辈子，也就在这儿了……"

伊犁，大地向西

我说起乌孙国，一江春水向西流

因为大地向西，天山向西

你认为河水有一个流淌不尽的沙漠源泉

就像一个人，他有珍爱的荒原

就有回报的甘泉

有梦幻的羊群

就有天涯牧场……

——沈苇《苹果之父餐厅》

1. 大美之地

同行小伙伴说，新疆是真正能称得上"大美"的地方。

这句话，伊犁的一路上，他讲了一遍又一遍。在每一处高山流云，草原戈壁。

伊犁确是这样的地方。你时常会忍不住赞美它，然后时常忘记自己已经赞美过它。任何感叹的情绪和盛赞的语言，在它的美好面前，都显无力，都不多余。

而我的感触是：很久以来，伊犁都被称为"塞外江南"，但只有真正进入它，你才能明白，江南之秀，远不能概括伊犁的美。它是大漠孤烟直，它是风吹草低见牛羊；它的雪山、草地如烟浩渺，它的冰川、湖泊天高水长；它能容你策马狂飙，它本身就是荡气回肠……

这一切，又岂是小桥流水人家的意境所能轻易承载？

2. 云之国

你永远也搞不清这里的云是在唱一场怎样无休无止的戏。

它或者就开在你头顶的天上。天是蓝到让人心慌的空，看着它，眼睛就酸酸地想要哭；云朵却是欢快的孩子，不只一径儿地白下去，还一朵朵欢欣鼓舞绽放着，时不时地还要变换个模样，小狗和大公鸡，外星人与七仙女……一朵朵地看，一朵朵地猜。傻傻抬头，静静幻想，不由自主地，脸上就有了笑。

它或者停在山边，形似滚滚棉团，又比棉花质地更加坚硬，就那么一咕噜一咕噜地挺立，好似一堵造型奇特的白墙。你看着它，那么近又那么远。总得要跑尽了所有耐心，才突然惊觉自己已经进入了云里。那些原本在眼前的棉团，于是就团团展开在头顶触手可及的地方。忍不住想要去摸摸它，手伸向空中，抓住了风，却抓不住云。

它也盛开在7月金灿灿的油菜地上。天是高的，云却很低，踏踏实实涂满天与地相接的所有空间。山雨欲来的时节，菜花遍地黄。于是云变成了那金色方块的铅色顶戴。风吹过花冠，密云滚滚过。耳边有尖俏细微的风声，是天空的使者与大地之灵嬉戏交欢的笑声。

它还喜欢盘踞在夕阳将落的黄昏，只是衣衫已从纯白换作了金红。一大片一大片浓重的裙裾横扫过天际，又霸道又傻气。于是太阳有些可怜巴巴，拼尽全力地想要从厚厚的云层里扒出个小缝来，却只不过为那宽大的裙角，又披上层神秘的纱幔。

大概只有天空最懂得云的好。云朵是它的眉眼它的魂。没有云朵，天空充其量只是一块蓝色的石头，一张呆滞的脸。而伊犁，则是云的国。从春夏到秋冬，从晨曦到黄昏，伊犁的天空，是云朵永远的舞台，它们互相扮美，各自成就，是西部永不落幕的偶像剧。

3. 赛里木之光

用碧水蓝天来形容赛里木，似乎有些无力。它更像是一块完整的玉。天的蓝与湖水的蓝融成一体，中间是白色的云朵，你分不清哪些是天空中的真实存在，哪些是水波中的顾影自怜。这是一块蓝色镶白璧的玉，白色化在蓝里，蓝色拥吻着白。若有人进入，便像是琥珀里闯入的小虫，天地是一桶蓝白色汁液，将所有生物凝固。

所幸并不是旅游高峰期，湖边有车有马，氛围倒不显得芜杂。不知道是不是因为天地太大，空间更显得空。眼前人分明就在不远处，说话、拍照，传进耳朵的声音却好像离得很远。寂静也是一种声响，它屏蔽了所有嘈杂，只把夏风传来的关于这一方土地山川的信息，用光影的方式，传递到人的五官感觉。在几乎静止的湖光水色里，唯有就地躺下，睡一场地老天荒的觉，才是最好的选择吧！

4. 斗鸡之乐

察布查尔，是个锡伯族自治县。有牛有羊，土地丰饶，据说县名就是锡伯语"粮仓"的意思。然而我却独对这里的斗鸡场印象深刻。偌大的场地被栏杆围起来，四周有长凳，观众席上坐着汉族、维吾尔族和锡伯族的男人们，各个皮肤黝黑泛红，身形壮硕健康。岁数看起来最大的那位，留花白的山羊胡，月黄色小礼帽戴得又洋气又熨帖。

场地中间两只红头鸡看上去已经斗了很多回合，脖颈处的羽毛都已被对方啄落得差不多，却仍是横眉竖眼地互相盯视，伺机出动。裁判是个留着西瓜太郎头的锡伯族男子，一面一脸庄重地紧盯着两只鸡，一面还要随时调整场中央正上方挂着的计时器只破旧的家用石英钟。我也看不懂究竟何为输赢，只看到西瓜头隔一阵就会挥手示意休息一会儿，一维一汉两位鸡主分别抱回自己的战士，修整羽毛，喷水按摩。稍有不同的是，汉族那位白白胖胖的，始终笑着像在玩耍，而维族这位一脸严肃，把自己的鸡照顾得很仔细，一副严阵以待的模样。

让我迷恋的是这里所弥漫着的奇异氛围，那是早已被城市人遗忘的远去的旧日市井时光。围栏外不同民族的人们闲适安稳，围栏里的鸡则斗志昂扬。人们以最端庄最严肃的姿态，去进行一场看上去有些搞笑的赌局，而岁月的流转，就好像那位戴礼帽的维吾尔族老者，即便褶皱已经遮掩了容颜，眉眼却始终是在微笑着的。这座小县城的斗鸡场就像个时光停止器，在喧闹中，记载着人们最原始也最凡常的快乐时光。

有位维吾尔族小伙子，我都没搞清他是从哪里冒出来的，长相极美，两帘睫毛就像扇子一样。汉语说得很流利，对电视拍摄竟是很懂得的。他始终滔滔不绝地为我们介绍察县斗鸡的历史、特点，甚至将其与新疆其他各地的斗鸡风俗进行比较和评价。临走时还主动留下了微信和电话，并推荐了其他几处他认为可以拍摄的地方。直到上了车回头再看时，他和另外一位带我们参观的维吾尔族老者仍然站在那里目送。一老一少，两个眉眼都很好看的人儿，就那么远远地站着，身后的蓝天白云就像幕布，把他们扮成最美的场景。

5. 特克斯之梦

特克斯县因为城市布局为八卦形状，又被称作"八卦城"。目前能查到的关于这座城的介绍里，有很多"最"—世界上最大、最完整的八卦城；世界上唯一的乌孙文化与易经文化交织的地方；中国道家文化传播最西端的地方；中国古代汉王朝与西域游牧古国和亲时间最长、中国古代有史记载第一位公主远嫁和公主远嫁最多的地方……

而在我心里，最完美的半个小时，也发生在八卦城，一个路边卖冰激凌的小摊上。正是正午时光，西部夏日的太阳如火般热辣辣地炙烤着大地。而这一方小小的冷饮摊，粉色塑料桌布旧旧地记录着时光。人们各自点了少数民族风味的冰激凌或带冰碴儿的酸奶，在给点儿遮挡就阴凉的太阳伞下慢慢咂尝。我一直觊觎桌边一把又旧又脏的藤椅，刚一有空，便立刻躺坐上去。除了我们这群外来者，眼前都是八卦城的男男女女来来往往。他们似乎都不急着去干什么，大多面色平静，脚步优哉游哉，还有些人东瞅瞅西望望，好像在选择午餐的地方。街两边鳞次栉比的饭馆，以五花八门的招牌展示着这座小县城令人艳羡的美食。

不远处貌似有个商贸城，同行的鸽子姑娘出去转了圈，便拎回两条漂亮的丝巾扎在颈上。有隐约的歌曲传来，像维吾尔语民歌，又像凤凰传奇或者刀郎的歌……我已经有些意识迷糊，恍惚中似乎做了一场梦。耳边是熟悉人的声响，口中是沁人心脾的酸甜冰爽，梦里却不清楚到底这是何地何乡。这座无比奇异地融合了大汉文化与西域风情的西部小城，像一位与世无争的少妇，安安静静地，将我的所有奔波与烦躁细细抚平，远远丢掉。

6. 巴尔盖提之夜

巴尔盖提，蒙语意为"老虎出没的地方"这里的村子依山而建，横穿过村庄的是一条远远看上去坡度很大的公路。村中有个回族人开的小餐馆，店面洁净，凉皮儿好吃，对于不吃羊肉的我来说，它的存在，简直就是天使在人间。

正赶上了今年入夏以来最热的两天，村里人又都去参加一位从乌鲁木齐回来办喜事的年轻人的婚礼，据说场面大到有十几顶帐篷，七百多宾朋。于是大白天的，这座空荡荡的村子里，就只剩下各色狗与各种羊。要么相依相伴的，要么各不相干的，各个都紧贴着屋子最凉快的墙角；或闭目养神，或一脸严肃地巡视着莫名其妙出现在村里的陌生人。空气安静且热，却也不闷。专属于西部的干热笼罩着世界，抬起头来，是睁不开眼的刺目阳光，但凡找片树荫站定，便有不知哪里来的清风悄悄吹过。

夜晚属于豪迈爽快的蒙古族人，难得的合家欢聚让载歌载舞的晚宴直到深夜。夜半，被不知何处来的声响吵醒，影影绰绰的，是屋外有人正用手机拍星空。草原上的夏夜，冰凉如水。月亮是个团团的圆，亮到让人不敢直视。银光倾泻的底下，是一面静静的湖水。水中的月光与天上的月光连成一体，那是搭在天地间一条通往天宫的隧道吗？

谁说的月朗星就会稀呢，那些与月遥遥相伴的星星，灿烂热烈地洒落在天空里，光彩毫不逊色。天空却不是想象中的深蓝，而是黢黑到底的黑。这黑就像是天空的手，星星是装点手腕的碎钻，月亮便是手指上最大最亮的那颗鸽子蛋戒指。

星空下走过一处麦田，风飒飒响过麦梢，像一群小心翼翼却又蠢蠢欲动的孩子在低语。田边黑黑围绕的，是农家必需的牛粪与羊粪。它们在尚未彻底消落的热气里默默发酵，散发出一阵阵专属于村庄的独特味道。

巴尔盖提的夜，万籁俱寂，天地无语。却也有一些声音，悄悄潜在这片寂静草原的上空。这片浩渺的大草原，应该藏着很多故事吧！它是多么慈祥的母亲呢！一天一天，朝朝暮暮，那所有的人来人往，草长草歇，它就只是看着，永远都不会说。

7. 天马之乡

给家里打电话，听说我到了昭苏，老爸立马接话："哎哟，这是看天马去了？"

天马的故乡，很多马。在一座小镇歇脚时，遇一群体态精瘦健硕的马正优哉游哉过马路。身后一辆体型硕大的货车拼了命地按喇叭，一副你们赶紧闪开让我过去的架势。岂知那些马儿并不买账，也并没有如我担忧的那般被惊扰。为首的那匹光亮的深棕色皮毛的马儿，仍是不紧不慢，头都不抬地继续赶自己的路。

于是那场景就看起来特别搞笑：一群低头赶路的马是这路上的主人，自赶自路，心无旁骛。而那心急火燎的货车司机倒像是匹毛手毛脚的劣马，无论他怎么张牙舞爪地吆喝，都只能眼睁睁看着那群俊硕的马儿沿着自己既定的路线，穿过马路，头都不回地踏上身边葱郁的草原。

正好赶上一年一度的天马节，小小的昭苏城，所有的大小旅馆全都住满了人。找客房的过程，让我得以第一次沿途看清了这座城。这里有与全国其他同级别城市相差无几的建筑和马路，也有西部特有的各种民族餐馆林立在路两边。一些村庄的墙上还刷着类似"天山轻松根连根，各族人民一家亲"的宣传标语。正是夏花盛开的季节，沿途便到处是成片的金黄与深紫，在阳光渐渐弱下去的黄昏里，这些花朵与随处可见的奔马雕塑，共同昭示着这座小城的美丽和荣光。

晚餐时的餐馆里，遇一窘事。隔壁屋子十几个男女始终以高分贝欢声喧嚣着，想必是前来参加天马节的游客。谁想前半程还好好的，后半程却突然打骂起来，并有身材苗条、面容娇美的少妇一脸怒气冲出，嘴巴里是最新疆的抱怨："我这是羊肉没吃着还惹了一身骚嘛……"稍一八卦，原来同行中有一对夫妇，为妻的那个一直怀疑老公与那少妇有点儿瓜葛，忍着没说。此番借着酒劲儿便一发不可收拾。吵吵闹闹到几乎动起手来，一场为马而来的快乐远行，瞬间就演变成狂洒狗血的言情剧。

这个世界果然时时刻刻都在上演着烂俗的故事。天马也好，天边也罢，人性的所有美好与暗黑，从来都不会变，从来都无处可藏。

8. 思乡之人

伊宁市与中国其他城市一样深陷全城大工地的怪圈。到处都在开挖，到处都在修建。但伊宁的机场却蛮有些不同，门口不是高架桥也没有纵横交错的马路，却围了好几圈高大葱郁的树。坐在机场大厅等待朋友来接的时候，高大的落地窗户外，总有面色黧黑的男子三三两两透过玻璃往里看，有些人还带着孩子。想必是周边村庄里的农人，闲得无聊，便像看猩猩一样来看这里来来往往的陌生人。看了半天，发现这些人也是两条胳膊两条腿，实在没什么特别的，于是就晃晃荡荡百无聊赖地绕过门口的草丛，又回到自己的生活里去。

而伊犁每天都在接纳的，都是那些被当地人当成"大猩猩"的来访者。他们有些冲着薰衣草来，却常常被大片大片的油菜花弄晕，有些为了天马节而来，广袤的草原与头戴帽子的雪山瞬间又会让他们迷失在继续前行的路上。在一个休息处，领队晓东出奇地偶遇了 20 年没见的大学同学，这位穿粉衣始终微笑的女子一直在向我介绍她在北京做老师教的内高班（少数民族内地高中班）。他们学校每年都会派老师回到新疆那些内高班学生的家里做家访，"很多年了，我们去过新疆最贫穷的牧区……"

我问："你是不是作为新疆人回来领队呀？"她很娇俏又很新疆地笑起来："也不是啦。我只是找到机会就想回来看看嘛……"

这是与我多么相似的心境呢。我们都选择了离开这块被称作故乡的地方，一天天走得越来越远，远到最后快要忘记故乡的模样。只是，那里似乎总有一根线，若有若无地牵着、绊着。每当看见它，我们总会不顾一切地抓住。因为，顺着那条线，一路向西，这些已经没有故乡的人，就能再次回到它那里，重新认识它，仔细感受它，然后，以心之漂泊和情之沧桑，再一次深深地爱上它。

新疆渔人

我爱我的汗血马 / 汗如血我爱天山雪 / 雪水融化心思隐含 / 从此后坐卧草地 / 一起看云起日落 / 感动花开的时节 / 一起不归的牧羊

——摘自《天山》

1. 一些废话

人活到一定年纪，最先发觉自己可能成熟了的标志，就是不再轻易对自己不知道或不了解的事情妄下断言。遗憾的是，行走江湖，我们经常遇到的，却恰恰是一些不吝提出各种让人莫名惊诧问题的人。

比如，在 2014 年的夏天，我所回答的有关新疆的疑问最多的一条就是：新疆有鱼吗？

——其实，对大多数新疆人来说，如此这般的提问，从小到大真还经历过不少：新疆有水吗？你们还住帐篷吧？新疆人有菜吃吗？最夸张的一次，是考大学时，我一位同学到北京电影学院参加专业课面试，有同龄考生大咧咧地问她：你们新疆人平常都不穿衣服的吗？

当然，世事在变，资讯发达。如今的现代人，但凡有点儿见识的，都问不出上面的问题来。我那位同学很认真很严肃地看着对方的眼睛说：嗯，是的，我为了到北京来考试，专门找巴依老爷借了一套新衣服……

就在 2214 年的夏天，居然真的不断有人在问我：新疆人吃鱼吗？新疆的鱼都是空运过去的吧？新疆的鱼应该特别特别贵吧？……

我只能回答他们："当你不知道或不确定某事时，可以先学习先了解，先尝试搞明白状况，然后再发表意见、提出问题。否则，你就真的很容易成为现代白痴，贻笑大方。"

下面就让一个新疆人来跟你说说，连她都没有想到会遇到的，那些关于新疆渔人的故事。

2. 童话城

摄制组文学统筹鸽子姑娘一直把布尔津称作"童话城"，不能不说准确一这里实在不像一个真实的存在：

　　县城最中心的建筑背靠着高高的电视塔，上面挂着几个红色大字"布尔津人民欢迎您"，而这栋楼有着鲜嫩嫩的粉屋顶与俏生生的黄外墙；县宾馆是座小二层，灰色外墙与白色屋顶倒显雅致，主楼顶儿却是一个红彤彤的尖屋顶，就像童话里等待王子来救的公主委身的城堡；电信大楼的外墙黄白相间，头上顶了两个硕大的深蓝色"圆帽子"；随便一座家属楼，外墙面可能是铺满的橘红，而屋顶不是鲜红就是嫩绿；县公安局大楼直接被摄像师小王命名为"国内最美公安局"——粉蓝色外墙配白色窗户边儿，屋顶上更围了一圈儿雪白的欧式栏杆，怎么看都像欧洲某个王储公爵的私塾庄园。

　　第一次进入这座小城的人，一定会觉得眼睛来不及，相机来不及。我问一位本地人：布尔津县的执政者究竟是有怎样的审美观，才会把这座城市设计得如此鲜艳亮丽，让人宛若置身童话之地？

　　没人能告诉我。因为我几乎没在这里遇到百分百的"本地人"这座藏在新疆北部、阿尔泰山脉西南麓、准噶尔盆地北沿的小县城，在中国地图上恰好位于"鸡尾巴"的最高点。因为处在前往旅游胜地喀纳斯的必经之路上，所以支撑布尔津县经济命脉的重要组成部分，就是过路游客们必须在这里暂住一晚的"过路钱"。大概也是因为此，布尔津县虽然面积不大，餐饮业却很发达。不算宽的马路两旁，随处可见齐溜溜的一排饭店。川、鲁、淮、粤、新疆饭，若仔细找，倒还都能找得到；若认真品，味道倒还都不错。

　　而当地口音则是极少见的。走在马路上，随便找个人问路，你听到的口音可能是山东、四川、河南、甚至东北，就是没有新疆口音。随便找家饭店，除非那是家穆斯林餐厅，否则你很可能吃到的就是最正宗的川妹子做出来的麻婆豆腐。这座旅游城市，接待的是天南海北的客，安放的也是天南海北的人，而对于我们这些土生土长的新疆人来说，怎么也想不明白，那些外乡人，是如何知道这样一个边疆小城，又是如何山高水远地来到这里？

　　哪里的黄土不埋人。在新疆，这句话大概是最能说得通的。

3. 蚊子窝

　　有新疆同学知道我在夏天到了布尔津，第一反应就是：哎哟，你那不是喂蚊子去了？

　　当天晚上，我们就在额尔齐斯河畔见识了这句话的实在。

　　额尔齐斯河，源出新疆阿尔泰山西南坡，是中国唯一流入北冰洋的河流，更是布尔津县境内最重要的水域之一。这里盛产各种冷水鱼—乔尔泰、东方欧鳊、黑鱼、河鲈、梭鲈、高体雅罗鱼等。考察新疆美食，鱼类是不能或缺的部分，而寻觅新疆鱼群，额尔齐斯河与布尔津则是绕不开的地域。

摄制组几乎没费什么力气，就找到了可拍摄对象，一对来自四川的夫妇。谁也搞不清他们究竟是为什么来到了新疆，又是为什么选择了布尔津。十几年过去，除了浓重的乡音依然未改，他们的所有生活与生计都搭在了这里。

拍摄是从傍晚时分开始的，赖姓丈夫告诉我们，"如果太阳下山前不能下网，就会被河边草丛中的蚊子吃掉。"即便有了足够的心理准备，出发前也买了好几瓶防蚊花露水，但真正在河边站着时，我们才意识到，彼时彼刻，"在河边站着"是一件多么笨蛋的事。那些蚊子已经不能用一群或者一片来形容，绝对是"一波还未过去，一波又来侵袭"的超级蚊海啊！无论站着、坐着还是走着，浑身上下唯一想做并且下意识就真的会做的动作就只有一个：拼命挥动双臂，赶蚊子、赶蚊子、赶蚊子！

我迅速用所有能用得上的道具武装全身，又忙不迭地帮摄像师赶蚊子，然后眼睁睁看着他刚蹲下身去取设备不到3秒钟，背部就被蚊子布满，蓝色T恤瞬间变成黑色；防蚊水什么的完全没有用处，制片同学就因为帮忙举灯没来得及赶蚊子，两只手瞬间就被叮成了包子；张嘴说话是危险的，因为那些蚊子会不顾一切地闯入你的嘴巴，钻进你的喉咙，让你没完没了地吐吐吐、咳咳咳……

几乎是走到水边的一瞬间，摄制组便陷入全线混乱。导演陈姑娘站在水边无助地挥舞着双手，驱赶着那些看不见的小恶魔。出来拍摄这么久，遇到过那么多难事，这是第一次，我在她脸上看到了惊恐。

可是这对四川夫妇，我们的拍摄对象，妻子只是带了个简单的防蚊帽，而丈夫则干脆什么防护都没做。他穿普通的衣裤，撑着自制橡皮小艇驶入额尔齐斯河的夕阳，一丝不苟地撒下渔网，然后一遍遍往返，一遍遍检查；妻子在岸上搭了个简易的帐篷，等待丈夫上岸。为了拍摄夫妻俩的晚餐，我们将随身带去的包子送给他们做道具，夫妻异口同声地说：不能吃这个，我们平常吃得都很简单，这个……太奢侈了。

我在岸上顶着蚊海跟那位丈夫聊了两句，他说，儿子在北京上大学，等的就是他们夫妻俩在新疆打鱼卖鱼挣的钱。问孩子有没有来过这里，说来了一次，就再也不愿来了，"太苦了"。

而真正的辛苦其实还没有结束。夫妻俩要在这里待到凌晨3点，渔网收回，所有收成都要在早上6点运到县城的早市上，去换一些吃喝用度及儿子的学费。

4. 新疆鱼，四川味

我们尝到了那些鱼的味道，在夫妻俩的朋友一另一对四川夫妇开的川菜馆里。他们用额尔齐斯河里的鱼，加上了四川的辣椒与新疆的孜然，迎接来自新疆、四川以及五湖四海的人。

两对夫妻都觉得新疆挺好的，在布尔津感觉也很好，空气比家乡那边好，压力也没那边大。"但家里人总是不放心，觉得这里不安全，成天叫我们回去。"开饭店的张姓女子小巧精致，口音里还是柔柔脆脆的四川味儿，她叹气说："大家心里都舍不得这个地方，但又拗不过家里人，所以，再待一阵子再说吧，实在不能不走的时候，再走"。

夜里去布尔津的夜市，大大小小的摊位上，各种各样的鱼，各种各样的烧烤；各种各样的冲锋衣，各种各样的口音；各种各样的烟熏火燎，各种各样的霓虹闪烁……这座拥有五颜六色建筑的城市，从白天到夜晚，都笼罩在奇幻的氛围里，像个童话。

5. 新疆梦

浙江人王志刚是个工作狂，他的员工都这么说。他几乎每天都要在自己承包的湖面上游走一圈——博斯腾湖是新疆最大的淡水湖，盛产鱼、虾、螃蟹。王志刚指着湖面底下清晰可见的水草："看看，哪里还有这么丰盛的水草，哪里还有这么清的水！这是块宝地，我怎么舍得离开！"

在新疆的巴州，王志刚大概应该算是个小名人。他10年前从浙江引进了中华绒螯蟹，在博斯腾湖里养殖，风风雨雨这些年，他已经习惯了新疆的水土，也成功地在这块湖区上建立了自己的"小王国"——他挽起袖子系上围裙，为我们烧了一锅博斯腾湖里捞出来的大红鲤鱼，味道是鲜香热辣，正宗新疆味。他说自己有两个女儿住在老家，每年都不吃浙江产的螃蟹，"就等着我寄博斯腾湖产的螃蟹回去，她们说，我养的螃蟹最鲜"

当然也会问到想不想离开新疆的问题，他回答得特别干脆："习主席不是说中国梦？我觉得我就有个新疆梦，我爱新疆。我的事业在这里，我不离开，我离不开。"

6. 鄱阳湖人

在湖北，刘仲新靠鄱阳湖过活，在这里，他靠博斯腾湖谋生。在新疆8年，他从最初的一个小行军帐篷到拥有博斯腾湖区最大的小鱼种晾晒场，"很多一起来的老乡都因为吃不了苦而离开了"——这故事听上去多少有点儿励志的味道，但如今的刘仲新看上去却少有"九头鸟"的火辣与狡黠，却多了一些温和与淡然。每年4月到10月，他都会把博斯腾湖里打出来的各种小鱼晾晒成干，然后发回自己的家乡，挣些副食品粗加工的钱。他觉得博斯腾湖水质好，鱼也好，"新疆的夏天，雨水少又凉快，特别适合晒鱼……"

晒场上，有一个皮肤黝黑的小伙子看上去身材健硕，口音却与刘仲新一样。那是刘仲新的女婿，以前在家开出租车，后来也被拉来一起晒鱼。刘仲新说："女儿看到女婿发回去的照片当场就哭了，觉得实在是太辛苦了。可是讨生活有啥办法？现在让他吃吃苦，以后回去干什么都没问题。"

刘仲新坐在晾晒场旁的小马扎上，头上戴着草帽，始终微微笑着，语气不疾不徐，倒像是讲着别人的故事。

7. 最后的罗布人

其实，新疆本地也曾有过为水而生的人。在著名的罗布人村寨，我们见到了传说中"最后的罗布人"——说不清自己到底是56岁还是60岁的阿木冬。他仍然会划当地人传统的独木舟（维吾尔语"卡篷"），是用胡杨树劈开两半制作而成，据说浮力很好，几百年也不腐烂；即便漏水，也不会下沉……

关于罗布人村寨及罗布人，类似的传说还有很多。而今天，我们只看到这个地方已经成为景区，景区里只有阿木冬一家土生土长的罗布人。他有时会在身边的塔里木河里泛舟打鱼，当然，那只是为了表演给来景区的游客观赏；他也会在沙漠里做一次维吾尔族传统的烤鱼，当然，那也只是为了帮助我们这样的摄制组还原历史……生活过得清贫，有时候甚至繁杂，但阿木冬和老伴却不愿离开这里，甚至曾经在乡政府住了3个月之后，又回到了罗布人村，声称那里"太闹，太乱，受不了"。

真正的罗布人部落就在罗布泊附近。千百年来，罗布人与罗布泊相互依存，直到1898年，罗布泊上游河水改道，土壤盐碱化导致环境恶化，罗布人只好跟随着河水退出罗布泊——这种宣传资料告诉我们，像阿木冬这样的罗布人是怎样一次次地向大自然退让，又怎样一步步让出自己的生存之地，最后，生生将一个靠水生活的部落，变成了沙漠里最后的坚守者——阿木冬的5个孩子全都离开了罗布泊，他们各自去了或者更繁茂的草原，或者灯火更辉煌的市镇，只留下弄不清自己到底多少岁的阿木冬，在这里守着一湾塔里木河水，几棵总也不死的胡杨，一片昏黄连天的沙漠。

8. 另一些废话

在乌鲁木齐机场，身边有个南方口音的男子一直在粗声大气地打电话："你还是赶紧来新疆吧，这里形势这么好……机会太多了……安全？当然安全，比广州治安好多了……哎呀，你还是先来看看吧，这里形势这么好……"

各种车轱辘话，一直在说。我几乎能想得到电话那面，是有怎样不依不饶的疑惑。

世界上几乎所有没来由的疑惑，都来自无知。

对新疆来说，它需要让世界知道的东西，还有太多太多；世界对新疆的不了解，还有很多很多。

玉人黄信

1

黄信开车很猛。

不是猛，是疯。

小乡镇的马路，通常限速四十、六十，他却能飙到一百五六。同事在车后座看仪表盘，张大嘴不敢吭声。他却想当然发觉了我们的惊恐，为表示一切OK，他毫无征兆地在马路中央玩起了急停：看看，看看，这个沃尔沃，刹车性能多好！

我手里正握着的手机，嗖的一下就奔前排去了。

第二天要上玉矿，我完全无视黄信的招呼，麻溜儿上了他下属的皮卡车。中途休息，黄信晃悠悠过来视察民情，见我老老实实坐在后排，他一脸的语重心长："我们上山有规定，不许系安全带的。否则万一车从山上滚下来，你根本来不及解开安全带，那就没法儿跳车了。"

不管是真是假，我还是被唬到哭笑不得："黄信，你是白羊座吗？"

2

天下美玉，且末为上。且末县位于昆仑山和阿尔金山交界的山脚下，自古就是丝绸之路上的重镇，也是和田玉的主产地。据说目前且末县每年出产的和田玉山料能占到新疆和田玉总产量的70%。

黄信已经在阿尔金山里开了8年矿。他把玉石矿脉比作树枝，说自己前8年一直是在各种"支脉"上开采。要么采到的玉质量一般，要么离主脉越来越远。但也许是性格使然，黄信浑身自带的老大气质，让他很快就成了当地远近闻名的采玉人。

第9年，黄信说，他找到主脉了。

3

黄信原本不做玉。他喜欢水、喜欢鱼，20年前曾开发过新疆一个很有名的湖区景点。经营最火爆的时候，景区里建了酒店、别墅、游乐场甚至高尔夫球场。在我离开新疆以前，那里已是很多朋友最常选择的出游地之一。

但后来政府介入，景点被分包给很多商家经营。盲目扩张导致景区规模远远大于游客量，无序竞争又带来各种市场混乱，原本每间两三百元一天的房间，后来连一百元都卖不到。

于是黄信转战若羌，跑到塔克拉玛干沙漠里开发一片名为"康拉克"的湖区。也是修路建房，忙活了好几年。无奈当地气候条件实在恶劣，房子刚建好就遇到了洪水。我们见到时，有半截还埋在水里，黄信把那里称为"遗址"。路则更惨，年年修年年毁，每年上千万的投入仍然换不来老天爷的好脾气。

黄信开玉矿，是为了补贴自己开发的湖区。这事儿怎么听，怎么像个笑话。

4

出且末县往东，车行两小时，要换底盘更高，动力更猛的越野车，继续穿峡谷、攀山路，再走40多分钟，才能到达阿尔金山和昆仑山的交会处。两山之间，隔着终年奔腾的车尔臣河。因为这条河，且末县在很多年前，也曾被叫作"车尔臣"。

从这里，还要再走半小时山路，才能到达黄信的矿区。虽经他再三提醒，这条路仍是走得艰难惊险。冬天的山尤其荒败，各种怪石胡乱地悬挂在山上。有那么一段坡路的仰角几乎达到70度，攀登时就只能看到上扬的前引擎盖。

开矿的八九年，黄信几乎翻遍了这里所有的山，曾把腿走到肌肉拉伤，也曾在矿区一住就是几个月。山里雨雪严重，他们只能一边开路，一边建房，一边找玉。而我们正在走的这条路，今年已翻修了6次。

黄信在上山的途中专设了一个拜祭台。每到此处，他都要下车来烧三炷香，磕几个头。祭台对面，是广阔无际的峡谷和终年不语的昆仑山。黄信说："我们打扰了这山，要请求它的庇护和保佑。"

5

中国人喜欢说"君子如玉"，但是听黄信说玉的故事，却不全是温润。

比如有人在盛传产玉的玉龙喀什河里挖坑，一挖就是四十米深，再倒进一车土、碎石以及良莠不齐的玉石，把坑填平。然后拉那想要淘到宝物的主儿，专拣深夜，偷偷摸摸地挖、挖，终于挖出一块玉来。"那可是真东西啊，您捡到大便宜啦，最低300万您拿走啊……"

比如运玉石的车，通常都是从山上往山下开。黄信的员工却在半山腰遇到了往山上开的车。原来是有人运一车不知什么地方的玉料，上一趟山，滚一身灰，就是土生土长的和田玉啦……

有更神的，从国外买来一种细菌，专吃玉石上的微生物。将细菌与普通玉石放在一起，过不了多久，玉石上便会出现一层黄色小孔洞，不懂行的人根本看不出真假，还以为那是价格不菲的带皮籽料呢……

贪婪者当然不只在做玉者。有一权重位高者，到黄信加工厂里毫不客气地挑了七八十公斤玉石。眼见对方一副空手套白狼的模样，黄信也不小气，说："我们地方小，经济差，如果能给一些政策上的优惠，这些玉，就算我黄信送的。"结果，几年过去，那人只承诺了"给县里拨款两万"就是这两万块，黄信说他到现在也没见到。

去玉山的路上，我又想起这人，问黄信他有没有来过玉山，"若来过，看到玉的来历这么艰辛，他白拿白要的也会觉得没脸吧！"

黄信头都没有抬一下：他才不会来。他连心都没有，怎么会要脸？

6

见到黄信本人之前半年，我就被人隆重地"安利"过他，当时那人对黄信的评价就两个字——传奇。

几天接触下来，我全无疑惑地相信了江湖上所有关于黄信的传说。必须承认，对每一个平静、平庸、平凡的人来说，用"传奇"二字来形容他，是绝不为过的。

然而，真实的"传奇"是什么？经验告诉我，这世上几乎所有传奇，无一例外都伴随着艰难的跋涉、难言的苦衷、无法逾越的困境，甚至不可告人的暗黑。世事平淡，世人苛责，人们既然喜欢传奇，就难免在对传奇的笃信与深究里，收获"原来不过如此"和"真相竟然这样"的失望。

所以，当我真切感受到黄信的特别时，就开始刻意保持与他的距离，不再热衷于听他的故事。并不是所有传奇都清白明亮，也不是所有传奇都经得起聆听。那些让记忆充满暖意，让人生不那么苍凉的故事，只有在浅尝辄止的接近中才能获得。也只有它们，才是可以陪我们变老，值得我们追寻和留存的"传奇"。

一如我所遇见的黄信。在他身上，我已经感受到了他对人的坦诚热情、对事业的坚持执着以及他"活着的每一天每一刻都要充满激情"的生活态度……而我所愿意相信的黄信，也正是这样一个像玉一样，用简简单单"美好"二字就能概括的"传奇"。

这就足够了。

7

以上，是我始终不愿坐黄信车的原因。

当然，我是真的很怕坐他的车。

康拉克：愿无岁月可回头

80 年前，瑞典探险家斯文·赫定在他的《亚洲腹地探险 8 年》一书中写："罗布泊使我惊讶。它像一座仙湖，水面如镜子一般。在和煦的阳光下，我乘舟而行，好似神仙。在船的不远处，几只野鸭在湖面上玩耍，鱼鸥及其他小鸟愉悦地歌唱着……"

如今，在沙漠最深处，只有康拉克湖还在向世人展示着被称为"消逝的仙湖"的罗布泊曾经的美丽。

1

我们在清晨向康拉克出发。

出若羌县 45 公里，就到了无边无际的沙漠。太阳像刚刚醒了觉的妇人，有点儿懒洋洋，又有点儿心情大好；天空却还在懵懂中瞌睡，将醒未醒，半明半暗。

于是，天和地分明显出两种截然不同的气质：晨光毫不吝啬地全数铺洒在沙漠上，就像上帝蘸着金色蜂蜜，整整齐齐把大地刷了一遍。几乎所有眼光能及的角落，全是一派柔的黄、暖的红。

许是太阳正忙着照顾大地，对天空就未免冷淡。天色是暗的蓝，影影绰绰。滚滚云朵藏在更高的空际里，似乎正在考虑：今天到底要不要屈尊一下，到凡界来看看光景。

越野车在看不到边界与尽头的金色沙漠里狂奔。突然，一顶小沙包后有只老雕端坐安然，怡然享受阳光浴。面对眼前的飞驰而过，它连脑袋都没有动一下，好似一座冷冰冰的黑色雕塑。

2

康拉克，维吾尔语意为"沼泽和多水之地"。这是一片位于塔克拉玛干沙漠、库姆塔格沙漠和罗布泊之间的湖区，湖水来自源头在昆仑山的车尔臣河。与楼兰、尼雅一样，"康拉克"从来都是神秘之地的代名词，人称"塔克拉玛干神秘之水"。连我们走南闯北、见多识广的主摄像师都表示，"之前从来没听过这个地方"。

10年前，黄信看上了康拉克。今天在新疆，"康拉克"这个地名与"黄信"这个人名是连在一起的。

3

黄信在当地有个绰号，叫"黄老邪"。

他开车猛，最结实的越野车每年也要被他送进修理厂好几次，修车师傅说他"是在把汽车当飞机开"；两年前，50多岁的黄信和一群年轻人在车尔臣河搞探险。整整6天，200多公里，简单的橡皮艇，从未有人进入的河流，一路漂流，几多险境；他也曾带队营救身陷沙漠深处的旅人，冬天的冰河，他带头跳下去，落下一身病痛……

但是迄今为止，据说黄信没出过什么大事儿，你也很难从他身上看到退意与恐惧。有人说他运气好，也有人把这归结于"横的怕不要命的"。可是我想，那种雪山般的大、冰川般的冷、草原般的旷阔、沙暴般的狂狷……除了新疆男人，又有谁能被同时打上所有这些烙印呢？

4

在黄信的描述里，身处沙漠腹地的康拉克湖是个绝美之地。可是，我们进出康拉克的过程，确是用"千辛万苦""千难万险"都不足以描述其全部感受的。也是因为此，这一程，我将永生铭记。

正常情况下，越野车跑上几小时就能到达康拉克湖边，然后再乘快艇走十几分钟，就到了黄信的小岛。可是，就在我们到达康拉克的前几天，这里刚刚下过一场雨，沙漠变沼泽。我生平第一次体会到胶泥究竟能黏着到什么程度，每走一步都要拼尽全力，抬腿拔脚；我也是生平第一次穿连身水裤，最小42码的鞋套在36码的脚上，每拔一次腿，脚已经出来，鞋还在泥里，只能再用手紧紧抓住裤腿，咬牙往外拽鞋子。

有一段沼泽，表面看上去晶莹透亮，碰一碰就颤悠悠果冻一般。我不知死活一脚踏去，分分钟就陷到了大腿根。如果不是之前已有两位同行陷进去过，知道除了艰难，其实并不危险，我怕是早就吓得号啕起来。

可是黄信，踩在离我不远的泥地里哈哈大笑："大嘴大嘴，快给她拍照片！"

5

大嘴姓陈，年纪不算大，却总喜欢背手走路。甚至在让我们东倒西歪的沼泽地里，他也躬着身背个手，走得那叫一个闲庭信步。后来我想，陷进"果冻地"的时候，大概因为恰好是他走在身边，我心里才没有那么恐惧。

大嘴的嘴巴其实并不大，但这个绰号跟着黄信一起，在当地拥有着远比他本名更高的知名度。康拉克湖区内500多平方公里湿地、200多平方公里水域，自古以来没有任何相关资料。大嘴跟着黄信先后八次实地考察，没有路就修路，没有房就盖房。前一年修好的路，第二年就被水冲断；刚盖好的房，一场雨就淹没了一半……整整10年，究竟走了多少这样的路，遇过多少比这还要险的事，在往返的车上，大嘴给我们讲了一路，也就只是讲了个大概。

从开湖到寻玉，大嘴跟随黄信很多年，身上带着很多黄信的影子，也是个混不吝的新疆男人。他说自己本来不会做饭，现在掌勺招待几十个人也绝对没问题。都是被黄信逼的，都是跟黄信学的。

6

除了步行沼泽，我们还先后使用了橡皮艇、三蹦子车等各种匪夷所思的交通工具，最后花了3个多小时才算一身狼狈、一身泥地到了目的地—位于湖中心的小岛，黄信的伊甸园。

康拉克湖已经过了它最美的季节，却仍是一幅天蓝蓝水粼粼，片片芦苇摇曳，金色沙丘环绕起伏的迷人情境。地球是如此诡异的造物者，谁能想到，它会将这样一片绝美的水，深深地藏在如此浩渺无际的沙漠里，就像一位末世公主，藏着她最爱的蓝宝石。

小岛面积不大，却用芦苇秆整齐地修建了一圈小屋，每个屋子都用小木牌标示着功能：宿舍、厨房、仓库、商店……竟然还有一块写着"康拉克村民委员会"的牌子。两只白鹭优雅地立在屋后水里，看到生人也不慌张，但你若是走近，它还是会扑棱着翅膀飞开，然后在你能看得见的地方落下，继续优雅地立着。

黄信说白鹭是很小的时候飞来岛上的，从此再也没离开过。他自己每年也会玩几次失踪，住在这座手机没信号、用太阳能发电、晚上满天繁星的小岛上，"睡觉睡得特别好"。

7

有美学家说，新疆的美是显性的。它直截了当，裸露无遗。会看的人看一眼就懂，不会看或者心力不够的人，往往会被那种坦率的大美惊惧得六神无主，落荒而逃。

　　我是多么幸运，曾在有限的生命里，看到过那些令人窒息的美。我又是何等自豪，站在这样的大美里，无惧无忧，不悲不喜。愿只愿，但无岁月可回头，且以安然等白头。

　　感谢黄信，感谢康拉克。

　　感谢新疆，我永远的爱。

乌鸦

住在喀什的文化路。马路对面应该有个小市场，卖的什么东西不知道，音乐声却没断过。音量不大，足够提醒人们那里其实是个热闹所在。曲目则永远都只有两支，一支情绪激昂的不知名小提琴曲，另一支，"我要飞得更高……"

更令人抓狂的是，能听得到的从来就只有两支曲子里固定的那一小段。"吱吱吱、吱、吱、吱、吱吱……""我要飞得更高"……"吱吱吱、吱、吱、吱、吱吱……""我要飞得更高"……来来回回，无休无止。你没唱罢我就登场，连点儿间隔都没有。让人怀疑那里是不是有两家店正在恶斗—用它们的主人各自认为最美的曲子。

房间地暖热得人烦躁，窗户就不得不随时打开，那两小段曲子于是总会霸道地冲入耳膜。幸好多半时间在外奔忙，回到房间开窗时，我会下意识往音乐传来的方向张望，但基本是徒劳的。即便到了冬天，喀什马路上的行道树仍是树荫茂密。站在三楼窗前，越过树冠，只能看到对面高出树顶的红色楼房，还有一群一群呱呱叫着飞过的乌鸦。

怎么会有这么多的乌鸦呢？作为汉族人，我心里对这种黑东西总是有些忌惮的。喀什城市上空飞翔的不是鸽子而是乌鸦，且这些乌鸦个个儿溜光水滑，肥硕圆胖，实在太奇怪了。查了资料才知道，原来喀什每到冬天就有大批乌鸦飞来，这是由来已久的事。有人说这是"热岛效应"，乌鸦喜暖，成群结队进城享受暖气呢；也有人认为是城市垃圾给乌鸦提供了冬季食物；还有人说，乌鸦对天空环境的敏感度很高，是城市环境优劣的晴雨表，乌鸦多了，说明城市空气环境好了。

事实究竟怎样，我自无法判断，但喀什的 11 月，倒真有它明媚通透的惊艳。艾提卡尔清真寺明黄的建筑在湛蓝天空下泛着温润的柔光。门前广场极干净，穆斯林风格的建筑回廊下挂着红彤彤的灯笼。洒水车呜哇哇从街上开过，三四个维吾尔族小伙子连蹦带跳躲着水雾，深邃清澈的眼睛里是藏不住的调皮和欢乐。

几乎所有能坐人的地方都有维吾尔族老人，一排一排。一样的白胡子、一样的皮帽子、一样的黑色大衣、一样满脸皱纹以及因为没牙而瘪下去的嘴。他们在初冬的阳光下闲坐、聊天、打瞌睡。或者用苍老的手使劲搓苍老的脸，搓到一半，见到正有镜头对着他，也不躲闪，只在温和的神情里带上些狡黠，静静望向你。

陪同走访的宣传部小伙儿名叫艾克拉姆，是一个皮肤白皙的单眼皮男生，百分之百的汉族人长相。对我们的诧异他见怪不怪，说经常会有维吾尔族人对着他说汉语，待他用流利的维吾尔语作答，对方才露出一脸讶异。"我是喀什人，土生土长的。"他轻描淡写地说。

土生土长的喀什人艾克拉姆带我们去高台民居参观，说自己最初带剧组来这里拍摄，也会迷路。古老的高台民居虽经多次修缮，却仍保留着初建时的格局。黄色土墙又高又厚，50多条窄窄的巷道，幽深、弯曲、上上下下、四通八达，迷宫般串连着各种碉堡样的小楼，深藏着最古老的喀什。

到处都空荡荡的。下午的阳光静静穿过土楼，照亮半条巷子，也把另外半条遮蔽在暗影里。可是刚绕过一段土墙，就有高鼻、深目、裹头巾的女子和一只猫正无所事事站在路中。看到你，她微微笑着并不言语，它则恹恹地伸个懒腰继续往一边走去。谁知那女子用维吾尔语说了句"过来"，那猫竟真的掉转回头，往它的女主人那里去了，只把这些外乡人惊得呆在原地。

再走，不知哪里又冒出个孩子。那么小，甚至还叼着奶嘴，却像模像样，没任何人陪伴地逛街。他穿红花格子棉衣，戴白色小帽，忽闪着一双天使般的黑眼睛，看都不看你一眼，跟跟跄跄就走到下一面土墙的转弯处，不见了。

随便一户人家，可能就是个百年的馕铺、木器店、土陶店……一扇淡蓝色雕金花的门头上，赫然写着：百年龙须酥店。一位维吾尔族胡子男正在门里对着我们笑。这是一栋二层小楼，天井极其狭小，只四周一圈柜台就把院子占去了三分之二，四五个人同时站着就转不过身了。目光所及之处挂满各种小物件，花帽、挂毯、艾德莱丝绸，一墙花花绿绿。

男人请我们品尝白生生的龙须酥。踏上木质楼梯，低矮的二楼上，白胡子父亲正在熬一锅透明的东西。我问他：是糖稀吗？他也不答，只不由分说把刚刚搅过锅的筷子往我嘴里一抹。甜的。

库木代尔瓦扎路是喀什的手工艺一条街。街上有家手工铜器店，店主是两位异姓兄弟。据说他们的父亲就是从小一起长大的好朋友，一起开店，一起做壶，一起挣钱。到了这一辈，两个孩子仍是一起长大，接过父辈的手艺，并没有什么具体分工，一起开店，一起做壶，一起挣钱。也有20年了。

我问其中一位，怎么能一直保持这么好的生意和朋友关系呢？其时，这个金碧辉煌，堆满了各种绝美物件的小店里，名叫买买提的这位手上还戴着线手套，红着脸吭哧了半天，才通过艾克拉姆翻译说：他的爸爸经常会找他俩谈话，要他们相亲相爱，像亲兄弟一样好好相处……

另一位父亲已经去世的肖开提，始终埋头在门口干活。敲敲打打的工作结束后，他烧了小小一堆炭火，撒些锡粉，小心地将壶身和壶底焊在一起。只在我们出门时，他才抬起头来，冲着我们憨憨地笑笑。浓眉大眼的维吾尔族小伙儿，笑意跟买买提一模一样。

回到住处，仍不断有"吱吱吱、吱、吱、吱、吱吱……""我要飞得更高"的音乐循环传来。我发了一组人物照和风景照在微信朋友圈里，有人说好美，也有人提醒要注意安全，还有个人说：长者和善，年轻人感觉随时会变成暴恐分子。

我胸口涌上来一口气，忍了忍，关掉微信。窗外大树上，一只毛色黢黑，在阳光下闪着蓝光的乌鸦正胖乎乎地立着。大概发觉了我的注视，它转动下脑袋，呱呱两声，飞走了。

锡伯人安素

突然想起安素。

那年我在新疆拍片，到了伊犁哈萨克自治州察布查尔锡伯族自治县。因为要拍一段关于锡伯族文化历史的内容，县委宣传部给剧组推荐了一个人，说他在当地文物保护方面是最有权威的研究人和发言者。正是安素。

采访约在了那一天早上的 10 点。9 点 55 分，我们走出宾馆房间才发现，安素早就坐在大堂里了。原来他不到 9 点就到了宾馆，就一个人在大堂里等。电话都不打一个。

拍摄进行了两天，安素几乎带我们走遍了察布查尔所有能记录和展示锡伯文化的地方。在察布查尔大渠，当天风力八级多，安素身上穿着的灰黑色夹克衫像钻进了鼓风机，一直在他背上拱出个大大的风口袋来。他人瘦又黑，顶风走在我们前头，看起来苍凉感十足。

安素 50 多岁，身形矫健，但脸上皱纹很多，像是常年过着风餐露宿的生活。大概是一直从事野外考古和保护文物古迹工作的缘故，他的实际年龄据说比看上去要年轻很多。普通话不好，口音里很浓重的少数民族说汉语的强调。但他深谙电视媒体的宣传之道，懂得镜头最喜欢的是什么场景，也知道要说什么样的内容，才是纪录片里最想要的台词。

可是他一点儿也不假。

在察布查尔弓箭博物馆，他给我们看自己收藏并无偿送给馆里的中国最大长弓；在察布查尔大渠，他给我们讲图公图伯特的故事，那是一位锡伯族伟人，两百多年前，他带领族人耗时 8 年修成了造福一方百姓，至今还在使用的"图公渠"；他带我们去考察现存的几处"卡伦"——1764 年农历四月十八日，清乾隆帝从东北盛京（今沈阳）等地调派 1720 名锡伯族军人，携带在册家眷共 3275 人，步行出发前往新疆伊犁驻防。这就是中国历史上最著名的集体迁徙行动之一——大西迁。而锡伯人到达新疆之后戍守边关的驻地，就叫卡伦。

作为大西迁的后人，安素已经接待了太多媒体，这些历史种种，他也说了太多遍。但每到一处，他都好像是第一次对别人讲述祖先的故事，那脸上的激情和骄傲，是无论如何也掩藏不住的。

后来有曾经采访过他的摄像师偷偷告诉我，很久以前，不知道是接受哪个电视台的采访，安素站在已经毁坏殆尽的一处卡伦遗址前，说族人大西迁的过程，说着说着，突然间就号啕大哭起来。

这是外人根本难以体会的民族之荡吧。虽然那段历史被用来反复传颂，也的确有理由成为令一代代锡伯人骄傲的过往。但当史实的伟大搁置在每一个个体身上时，那一具具血肉之躯，那一条条长关漫道，那一段又一段无法自我决定的迁徙史，那一代又一代被历史洪流裹挟前行的民族命运……除了锡伯人自己，谁又能感知得更深刻，记忆得更清晰？

几天拍摄下来，我始终没搞清楚安素的具体身份。所有到县里采访历史的人，都会去找安素，安素的自我介绍却永远是"我就负责一下县里考古的事儿"没有官衔，没有职位，也没给我们递名片。每天拍摄时准点到，拍摄完了就离开。通常剧组跟拍摄对象吃顿饭喝两口的场景，在安素那里根本没有发生。拍摄一结束，他就彻底消失了。

我却一直记得安素。正如我做了那么多年新疆人，却好像是生平第一次，知道了锡伯族，和他们值得大书特书的、伟大而深沉的民族史。

阳光灿烂柴窝堡

1. 百里风区

柴窝堡（pù）。虽然自小听这个名字，但我到现在也不知道它究竟是什么意思。它有可能来源于它的所在地——距离乌鲁木齐市区东南约45公里的博格达峰脚下的柴窝堡盆地，也可能来源于它所在的达坂城谷地中、乌鲁木齐最大的淡水湖—柴窝堡湖。但无论它的出处是什么，10年前我离开新疆的时候，"柴窝堡"除了是个地名儿外，似乎只有大盘鸡出名。那时我在乌鲁木齐电视台新闻部做记者，对口采访单位中有一项是农区和牧区，经常坐一辆北京213吉普车往乡下跑。回程中只要经过柴窝堡，就会找个饭店吃大盘鸡。就像很难追究大盘鸡究竟是什么时候成为新疆的著名小吃一样，即便是当地人，也很难追究柴窝堡什么时候成了大盘鸡的代言，只看到那里十几年来所有的路边小饭店都挂着"正宗柴窝堡大盘鸡"的牌子。

在新疆旅游时，柴窝堡与达坂城通常是被连在一起的两个地方，因为从乌鲁木齐出发往南到柴窝堡，途中必要经过达坂城的百里风区。作为一个以姑娘、西瓜和民歌著称的地方，达坂城时至今日除了演变成为一个以旅游为主要支柱产业的古镇外，广袤大地上布满巨大风车的景象也成了它的标志。

新疆是中国风力资源最丰富的地区之一，占全国风力发电总蕴藏量的十分之一。而达坂城由于位处中天山和东天山之间的谷地，是沟通南北疆气流的主要通道。这里每年平均有151天刮大风，最高风力可以达3级。当地民谣说："达坂城、老风口、大风小风天天有，小风刮歪树，大风飞石头。"

有一年冬天，我到驻守风区的某部队采访，要拍一个在营房门口的开场镜头。由于风实在是太大，要么是我对着镜头说着说着就被风吹得歪出镜头去，要么是摄像师的手被冻僵到无法控制机器。反正最后的结果是，折腾了半个多小时，回头看到的镜头竟然是我的长头发被吹到半空中，像梅超风一样呈怒发冲冠状。

而此番我所经过的百里风区，虽然也有着不低于5级的风，但实实在在是阳光明媚、白云漫天。当车队穿过长达80公里的风区高速路时，往左看，是顺光下一架架高大的风车立在不远处，蓝色天幕下，那些挺拔的风车显得格外洁白，似乎它们从来就不是站在这尘沙漫天的戈壁上；往右看，是逆光下风车们的剪影。多数风车的叶片完全静默不动，少数正在转动的，转速也很缓慢，那么大的风对它们来说似乎根本不算什么。

2.阿依仙

我和阿依仙姑娘第一次坐下来聊天，就是在柴窝堡的大盘鸡店里。正值正午时光，室外将近 30 摄氏度的气温和之前的长途奔袭已经让大家疲惫不堪。午饭后，大家都蔫愣愣地或坐或趴在饭厅里休息，开依维柯的张师傅干脆把三把椅子拼在一起呼呼开睡了。

相对于人们印象中的维吾尔族女孩，阿依仙有点儿太不漂亮了，包括我在内，在第一天见到这个旅行社派给我们的导游时，都有过很强烈的失望。为了拍摄效果，我们需要的是一个既能说汉语和英语，又对本民族语言和风俗非常精通的女孩儿。更重要的是，她一定得漂亮，得能代表新疆少数民族女孩儿的形象。而阿依仙太黑太瘦，个子不高还有些驼背。她甚至不太像维吾尔族，倒像是阿拉伯地区的异国人。

后来才知道，还真被我看准了。阿依仙的父母虽然都是维吾尔族，但是全家是在她七八岁的时候才从中东移民到新疆喀什的。她说就因为自己身上带有中东血统，所以无论长相气质还是性格爱好，都与喀什本地的维吾尔族非常不同，这也是后来他们全家又搬到乌鲁木齐的原因。反正无论到哪儿，都像是异乡。

让我意外的是，阿依仙竟是生长在一个要求女孩子好好学习，争取高学历的家庭，这在维吾尔族家庭中并不多见。她家 3 个女孩儿，如今姐姐已经研究生毕业，妹妹也在打算读博，她说只有自己很不争气，上了个旅游专科学校。在校期间比别的孩子更努力些，才算靠着英文特长做了导游。

我见过不少十七八岁就出来当导游的女孩子。浮躁还在其次，光那年纪轻轻就不学无术的架势就足够让人头疼。而新疆因为地域原因，在英语教学方面就差了一大截。这个从喀什出来的维吾尔族女孩儿要如何在一个非英语专业学校里，踏踏实实学出个能给老外当导游的水平来？光想象一下，都是让我心存敬佩的。

接触久了，就发现阿依仙其实大大咧咧的，一点儿也不像刚开始接触时那么"各色"或许本性真诚的人大都这样吧。面对陌生人总会先保持警戒姿态，甚至有些别别扭扭。但只要戒备解除，那就很可能全情投入、一腔热忱。这与那些自来熟的人不同。对自来熟的来说，相识容易相知难，能轻易与你称兄道弟，也随时可以反目成仇。

算起来，那次合作之后，我就再也没见过阿依仙了。想念她。

3. 惊艳柴窝堡湖

我还在新疆的时候，"柴窝堡"还只是个地名儿，柴窝堡湖更是少人知晓。10年之后再见它，这里已经成了远近闻名的旅游胜地。乌鲁木齐人经常会在周末招呼上三朋四友，或者举家出行，开车到那里过一个有山有水，有鱼有蟹的周末——是的，没错，新疆有山有水，有鱼有蟹，才不是那个没有故事的女同学。

重新面对柴窝堡湖，我几乎惊讶得不能呼吸。不是周末，这里几乎没有什么人迹。天与湖远远地交界在目光所能达到的尽头，几朵极白极大的云彩趴在半空中，有些几乎已经落在湖面上，好像正低头看自己的影子，于是一模一样的两朵云就那样在天空与湖面默默相对着。

湖边围绕着大片大片的芦苇丛，金色的芦苇正在成熟期，颗粒饱满地层层林立着。风吹过时，耳畔是沙沙苇叶在响，像海浪冲刷岸石的声音，又像许多小脚丫飞快跑过落满树叶的草地。湖水是静的，云彩是静的，湖上漂浮的小船是静的，苇丛深处那白色的小塔也是静的……这是一幅静立了多年的油画，从色彩到结构都极致完美。而我们是入侵者，冒冒失失闯进画里，打扰了它的静谧和美好。

突然想起小时候小区里那片小花园。每个阳光明媚的下午，我都会和玩伴去那里捉蜻蜓。我们是那么那么地小，花园里的花枝是如此如此地高，晃动的阳光从黄色、红色、白色、紫色的花瓣缝隙里投射过来，照得人睁不开眼。那记忆是一部默片，没有声音，只有画面，而阳光是画面里最重要的角色。我们在花丛里嬉耍，累了就在花丛中沉沉睡去，蜻蜓扑扇着翅膀将阳光扇动出点点光华，毫不吝惜地洒在脸上。

以后很多年，我都再没有见到过那样的阳光。那座小花园日复一日被周遭林立的楼房吞噬。早在我离开家乡的那一年，整个小区里除了楼房、门头房和宾馆外，很难再见到一块面积开阔的空地了。

（2009 年 8 月 30 日）

五月花的歌舞者

我们的拍摄，在乌鲁木齐一家名为"五月花"的民族餐厅里展开。

在我离开乌鲁木齐的时候，如五月花这样的民族餐厅还很少。那时候沿街大大小小的门头还只能叫作"饭馆"。窄小的门楣，低矮的房间，极具民族特色的油腻且肮脏的地面与座椅，通常使用的都是一块钱就能批发一大把的方便筷。三块五块的抓饭是用大海碗盛着，每每吃到一多半时，碗底黄灿灿的油就会汪在眼前；七八块钱的拌面也用硕大无比的圆盘装着，一盆菜轰然倒在拉条子上，红红绿绿白白一大盘。女人们一般都要加很多醋和油泼辣子，男人们则多半要生吃几瓣大蒜。新疆人的胃口与性格，就是在如此浓烈辛辣的味道里被充实和满足着。

而今天的五月花，门头高大气派，雕梁画栋，民族风味浓郁；内部装修也极具地方风情，服务员们个个好似刚在台上唱完《吐鲁番的葡萄熟了》，整齐划一，浓装艳抹。无论拌面还是抓饭，都用色彩精致的碗盘盛放，分量比从前少了不止一半，价格却是过去的一倍不止。人们安静而优雅地坐着，耳边飘洒着悠扬的民族歌曲，空气里却独少了儿时伴我长大的那种味道，那种由维吾尔族人的叫卖、烟熏火燎的烤肉、呛人泪下的洋葱以及大声吆喝着店主"再加一份面来"所共同组成的市井味道。

拍摄整整进行了一个下午，临近结束的时候，餐厅负责人突然找到我说，能不能快一点，我们的演员要赶下一个场去，快要来不及了。

原来给我们表演民族弹唱歌舞的歌者与舞者并不是五月花的御用，他们马上要赶到另一家餐厅去表演，即"走穴"。我赶紧一边催促这边的拍摄抓紧时间，一边到舞台一侧安抚正焦灼不安的演员。但他们看上去显然很不耐烦，也不想听我过多的解释，跳独舞的绿裙子维吾尔族姑娘始终拉长着脸，眼睛抬也不抬地来回倒换着穿着舞鞋的双脚，而负责弹热瓦普的中年男子则直接对着餐厅负责人用维吾尔语大声地抱怨着什么。

好在，拍摄最终还是在热烈奔放的维吾尔族舞蹈中顺利结束了。他们甚至没有来得及听我们说一句谢谢，就穿着演出服、提着乐器与道具箱匆匆离开了。

葡萄葡萄

葡萄未熟人先急，千颗万颗压枝低。

七分玲珑惹人爱，三分相思到梦里。

电影《大话西游》里，菩提老祖变身的时候，会嘟哝一声：葡萄葡萄。

那么经典的一部电影里那么多经典桥段，我却对这一段印象极深，原因？我喜欢吃葡萄呗。

刚来青岛的时候，人们告诉我，"西有吐鲁番，东有大泽山"于是去大泽山吃一次葡萄几乎成了那几年我最心心念念的事儿——除了我的家乡，还有哪里的葡萄是可以作为节日被拿来庆祝的呢？

在新疆，吐鲁番的葡萄节真是一个狂欢节呀！八九月葡萄成熟的时候，城市中心的葡萄沟就成了葡萄的海洋，大街小巷沿途尽是绿油油的葡萄架。所谓"沟"，其实是一条绵延几公里的长街，柏油马路上可以并行两辆机动车，而覆盖整条街的，就是郁郁葱葱、遮天蔽日的葡萄藤。

当此时节，与三五好友相约，从乌鲁木齐出发，一路向东，往那最炎热的地方而去。有一首维吾尔族民歌唱道：阿里木汉住在哪里？吐鲁番西三百六——吐鲁番往西 360 里地，指的就是乌鲁木齐。

当然最好选择阴天去，因为此行必要途经火焰山。天虽入秋，火神祝融却不肯歇着，吐鲁番动辄 50 多摄氏度的地表温度还是够你受的。直到今天，吐鲁番地区还流传着人们白天在家避暑；晚上 7 点开始上班、县长坐在大水缸里批文件的传说。

但是，或许正是因为高温，才能培育出那样妙不可言的葡萄吧。长长绿绿的马奶子、青翠欲滴的无核白、晶莹剔透的索索……吐鲁番出产的葡萄据说多达 550 种。历数这座小城的骄傲，除了中国最大的盆地、中国最热的地方、中国最长的井（坎儿井）……最甜美的葡萄，绝对得排第一位。

你可以三两个人坐在葡萄架掩映的长街，一张圆桌上摆满刚刚摘下来的葡萄，大的小的、长的圆的、红的紫的。耳边是动听的热瓦普，眼前有美丽的维吾尔族姑娘。无论多么灼热的阳光，此刻都会变得温顺，只有风透过瑟瑟作响的葡萄叶，悄悄流淌。来来往往的人群里，有金发碧眼的老外正兴奋地摘葡萄、找姑娘合影。

运气好的话，你还可以到好客的维吾尔族老乡家里做客。依然是葡萄架下，这个时候，你可以盘腿坐在大大的手织地毯上，一壶奶茶、两片馕、几块民族糕点——葡萄实在是太多太甜啊，适当地调剂调剂，这一天下来，真不知能有多少葡萄要落进你的肚子呢。

一直认为能吃葡萄是有福气的人。因为我爹就是完全不能沾葡萄的。有时候看我们吃得开心，实在馋，揪上一两颗尝尝，那绝对是要闹肚子的。我却从来没这个问题。曾有同事笑我是"水果虫子"，那实在是因为在青岛，葡萄不能算是主流水果，否则"葡萄虫子"才最准确。

最爱当然是"无核白"

那是一种颗粒很小、很圆，排列得极紧极密的绿色葡萄，不仅没有核，连皮儿也几乎感觉不到。吃的时候当然不能一颗一颗从藤上往下揪。我最喜欢做的事儿，就是先把所有葡萄都撸下来，干干净净洗上满满一盆，然后放进冰箱里搁一阵儿——千万不要嫌这个过程麻烦。当你抓上整整一把冰凉凉的小葡萄粒儿，全部塞进嘴里，随着牙齿逐一将它们咬开的瞬间，你几乎能听得到口腔里有葡萄爆裂时"砰砰砰"的声响……那沁人心脾的冰凉，那从舌尖直达舌根的甜爽，那一滴都不愿流出来浪费掉的贪婪……

离开新疆后，有很多年，我都吃不着"无核白"了。所以入乡随俗地，我开始吃山东当地产的葡萄。它们那么圆、那么大，几乎要把藤子压弯，紫生生的表皮上盖着白霜。大泽山我也曾去过，至今仍记得那里的葡萄皮儿厚肉多，甜到蔫。而当时一起坐在葡萄架下的人们，如今却早都"她们都老了吧，她们在哪里呀……""我们就这样，散落在天涯……"

一方水土养一方人，一种葡萄藤生一种葡萄秧。我离开家15年，家乡恐怕早已将我忘记；我切切惦念着那里的无核白，这里的玫瑰香却笑盈盈等我品尝。

所以要感谢飞速发展的中国运输业吧。今年夏天，我终于在距离家乡几千公里的地方，再一次听到了颗颗绿葡萄"砰砰砰"在口腔炸裂的声音。

什么夏日暑气，什么烦热难当……

当真是，一颗葡萄解千愁。

在遥远的新疆

今年夏天，公司承接了一项关于新疆的纪录片拍摄任务。所以整个八月和九月，我和摄制组的四个小伙子几乎都在大西北泡着。

新疆是我的故乡。虽然离开多年，那里的一草一木、一人一景，仍然让我念念难忘。尤其最近这些年，初别家乡时的那种义无反顾，那种无论如何再也不回转的劲头，正在一天天被岁月销蚀。无论是对双亲姊妹的牵挂，还是对故友亲朋的怀念，抑或对那里山川大河的留恋，非但没有随时光的流逝而逐渐淡去，反倒一日深似一日，逐渐有了些故土难离的况味。

能体会到"乡愁"，才真正算是上了年纪吧！

大道向西，这一路的风光自不必说。新疆之美，不只在于雪山草原，大漠孤烟，也不只羊肉串葡萄干，姑娘的眼睛刀郎的歌。这里的土地浩渺广袤，代表着最博大的胸怀，最深沉的多情；这里的历史悠长复杂，意涵着最纠结的过去，最难测的未来。新疆诗人沈苇写道："在遥远的新疆，我独自承担我的中国命运……我一口一口饮用，直到喝出火焰的味道。现在，我将手放在一片安详的光中。"不曾身处那块土地并与它血肉相连的人，感受不到那火焰，看不到那光。

几乎所有遇见，都有惊喜。博乐市贝林乡有位泼辣辣的大姐，我管她叫"与荷花谈恋爱的女人"。她在戈壁荒滩上耕耘，路是自己铺，桥是自己搭，不开心了就翻跟头拿大顶。13年过去，终于莲叶何田田，鱼米稻花香；也有乌苏小城的年轻司机，浓眉大眼话不多，俊俏小鲜肉一枚。直到将我们送离的路上，他才悠悠说起，自己曾参加过祖国 60 年大庆阅兵。军乐队里的小号手，就站在天安门主席台正对面。之前练了 3 个月，当天站了几小时，"苦死了"。

草原小城巴里坤，24 岁的回族小伙儿阳春，武汉大学毕业回家后，想自己开个机车俱乐部。父母却希望他考公务员，过安稳日子。阳春从不忤逆，老老实实考了试，每天还要花几个小时骑摩托上山采蘑菇，再花剩下的全部时间帮妈妈打理农家宴。机车俱乐部却仍在暗自筹划中。我们拍摄期间，他正在等待广州来的车友指点迷津，就像等待自己未娶的媳妇，未知的梦想。

还有察布查尔县城的一座喇嘛庙，今年新来了一位年轻格斯贵（类似住持）。

29 岁的北京小伙儿，佛学院毕业，多年留洋经历，父母早就移民。如今，他在这个几乎荒废了半个世纪的小庙宇里主持香火。穿简单运动衣裤，从头至尾笑意淡淡。只有在说起人们最喜欢问他的问题时，才会哈哈大笑称：他们最关心的当然是，我一大好青年，难道真的不结婚？！

于是我也问。他仍旧换作淡淡然而庄重的笑："我所修的教派是终生学习制度。我要花 35 到 40 年时间才能完成学业。尤其哲学和逻辑学，是两门非常严密的科学，我哪里还有时间去照顾其他的感情和关系？"

……

摄制组除了我，一水儿 85 后，都是第一次到新疆，第一次经历这么长时间的跨省拍摄。年少的确可以轻狂，却未必全是幸福时光。他们一路为工作奔忙，为技术紧张，也间或在你和我、他与她之间纠结。年纪使然，当然更离不开静静地爱与被爱，悄悄地铭记和遗忘。而我，无论是笑是哭，是赞是叹，就只能是站在那里，默默旁观。

无论远在天边，还是近在眼前，任何一种人生，都是一场冒险，任何一场冒险，都值得感念。而远行的意义，也许就在于从自己熟悉的地方离开，走进别人的熟悉里；从别人的故事里斩获，回到自己的故事里顿悟；从彼处的无奈中，感受此地的珍惜。没有山川的存在，就不会有人的行走与奔跑；没有仗剑走天涯的苍茫，又怎会赏到风格别样的夏之魅惑，冬之明亮？

人生如此短，若白驹过隙。既来世界走一遭，大概就该使劲折腾，忘情奔忙。生命当然不只有诗与远方，却也不能总是苟且和彷徨。何其幸此刻，我们正在遥远的新疆。这一程，策马扬鞭，莺飞草长。再一程，大河落日，山高水长。此谓生活，此谓远方。

第二部分　岁月的冰河

二郎山奇遇记

1

清晨，被巨大而杂乱的车喇叭声吵醒。窗外，很多大巴车、中巴车已经轰鸣着离开停车场了。

将旅行的第一个住处选在了成都新南门汽车站，这让在成都的大学同学刘同学非常想不通："又不是穷学生了，干吗一定要住青年旅舍，就想追求苦哈哈的穷游感？"

我埋头苦吃一大锅热气腾腾的串串，才懒得跟他叽歪。我没法跟他说，是很久以来对稻城亚丁的幻想在作祟，连我自己都觉得矫情。但我总是不能想象，要怎么一路住着高档宾馆，锦衣玉食地去观摩雪山，感受荒芜。完全不连戏嘛！

车站招待所当然有它的好。从起床到爬上前往康定的小巴车，总共用了不到半小时。坐在脏乎乎的车玻璃旁往外看时，我才突然意识到，成都，这是我祖辈的故乡啊，我与它的缘分，竟只有一顿火锅和一夜借宿那么短的时间。再来，真不知要到什么时候了。

而我的雪山之行，这才刚刚开始。

2

成都到康定，据说 7 小时车程。传说中终日阴霾漫天的四川，今天却始终晴空万里。成雅（成都—雅安）高速路况平阔，车也走得不紧不慢，阳光透过车窗玻璃晒进来，暖洋洋的舒坦。

右手那个一脸凶相的黑脸男从上车开始，就打着很大的呼噜，偶尔醒来，五迷三道地嘟哝两句怎么还不到，接着又继续打他的呼噜睡他的觉，好像刚才是在说梦话。前座俩姑娘则一刻不停地吃东西，巧克力、牛肉松、火腿肠、薯片……简直是把整个小卖部搬上了车。

我则一直在吃惊，四川怎么会有这么多山啊！路好像无穷无尽走不完，山也就无穷无尽延绵到底。我好像从来没在这么短的时间里看到过这么多山，又好像我这一天就要把一辈子的山全都看完了。

这片总也望不到头的群山，就是传说中"高呀么高万丈"的二郎山。无所不能的人类，在海拔 3400 米的地方，穿山而过，修了一条 4000 多米的隧道，游人们通过它，才得以走进更遥远的荒芜里去。

3

行至一半，路遇塌方。人们被要求下车等候，等多久，未定。大家也不吃惊，似乎觉得在这种山路上有这样的遭遇是再平常不过的事情。车上窝了大半天，正好下车松松骨。

刚一下车，就一激灵。原来所有阳光明媚、暖意融融都是车窗封闭带来的错觉，专属于冬的寒气瞬间把我从昏昏欲睡中惊醒。凉风飒飒，半山腰上金黄色的秋叶在眼前摇荡得清晰起来。

路边站满穿红红绿绿冲锋衣的人。有的伸胳膊拉腿，有的举相机猛拍，倒是没人对道路有什么担心。沿路一溜儿停着的是各种越野车，几乎每辆车顶上都塞着厚重而壮观的户外用品，车主们的眼神里，个个儿都带着兴奋，藏也藏不住的兴奋。

大概，我眼里的巴望也咄咄欲出了吧！

4

中午，一车人像鸭子一样被赶下车去吃饭。路边摊脏到不忍直视，露天几口大锅堆满了排骨、粉条、海带等热气腾腾名目不清的东西。所有人都很淡定，满不在乎地围着油乎乎的桌子吃、喝、说、闹。

正午的阳光，明媚晃眼。离天越近的地方，太阳就越亮吧。

最靠里的桌子边上，坐着前座的那俩零食姑娘。我仔细看了她们一阵子，还没等我开口，其中黄衣服的那位就指着我惊叫起来。果真是在青岛时有过几面之缘的朋友，之前甚至还提到过有机会一起出去玩玩，万没想到，竟在这里碰着了。

这样说起来，我们在相互毫不知情的情况下，选了同一天到达成都，又在成都那么多长途车里，选择了同一辆中巴，并终于在成都往西几百公里的地方，毫无征兆地相遇了。

这是多么莫名又神奇的缘分呢？

跑马溜溜的山上

1

车到康定，我正准备下车，坐在车门口的一个年轻男人突然冲着我叫："丫丫！丫丫！"

我看着他笑：我的确养过一条小狗叫丫丫，但我不是丫丫。

是个白净瘦弱的南方小伙儿，瞬间就红了脸："对不起对不起，认错人了。以前户外活动时认识个女孩儿叫丫丫，你跟她长得实在太像了！"

得。咱这才刚出门，偶遇还真不少。

小伙儿说他有个朋友就在康定开青年旅社，"我带你们去吧。"于是，一行人几乎穿了半个康定城，终于找到了一家名为"登巴"的客栈。据说客栈老板名字就叫登巴，一个起了藏名的汉人，是成都户外运动圈里的传奇人物。几个人登时神往起来，决定就住这里。雪山在眼前，我们要等出门的登巴回来取取经。

客栈规模不大。门头小、房间小、连床都小，窄窄一小条儿，艳红的花毛毯给小屋子平添了些小暖意。门厅就是个小酒吧，大白天的，除了从小窗口闯进来的太阳光蠢蠢欲动外，一切安静得像在水底。

康定是个袖珍的城，不到1小时，逛遍全城。除了旅馆，就是饭店，其间也会穿插一两家卖旅游纪念品和户外用品店。如果不是门头上曲里拐弯的藏文，还有身着藏袍的慢慢悠过的行人，这里跟中国其他中小型旅游城市并无区别。街两边随处可见各种越野车、面包车。脸色黝黑、身材健硕的藏族男人向游人们询问着是否包车。

那个叫我丫丫的小伙儿突然道："咦，那里就是跑马山吗？"

抬头果然有座山。它与这座城市的距离如此之近，近到半山腰上色彩艳丽的壁画都看上去清晰无比。山脚下，穿城而过的两条河，一条叫雅拉，一条叫折多。

此时此刻，康定是座安静的城。这安静让河水流淌的声音听起来犹如咆哮。城里的藏民和汉人们，像活泼的鱼群，游弋在这日复一日的咆哮里。

2

很遗憾，没有看到传说中的锅庄舞。那是一种藏族独有的民族舞蹈，人们围成圆圈，自右而左，边歌边舞，据说早期与西藏奴隶社会和盟誓言活动有关。大概是因为过了旅游季节，城中百姓闲散慵懒，更偏爱围聚在城中广场上看露天电影——此刻，人们正津津有味地看《功夫》，包租婆正在群斗众房客。

于是转到另外一个小广场去。那里果然有人在跳舞，却是华丽丽的广场舞。音乐来自广场边上小服装店门前的一台单卡录音机，一水儿20世纪80年代流行过的迪斯科舞曲。一首接着一首，每一个旋律响起，都会让我重回少年时光。

舞蹈的人群里不只有白发老人、臃肿妇人、大腹男子，也有高挑的时髦女孩儿、走杀马特风的小伙儿，更有一脸稚气的中学生。有人穿着西装牛仔裤，也有很多穿拖地藏袍。整个舞蹈的队伍因为过于五花八门，实在让人忍俊不禁。

但我却很轻易地被感动了。所有人都跳得非常认真，在我驻足观赏的半个多小时里，几乎没有人半途退出，暮色初上时，并没有霓虹闪烁，那一张张红扑扑的脸庞上蒸腾着的笑意，却好像统统闪着亮，透着光。

3

晚上，洗过头和脸，我在客栈的小酒吧里烤火炉。是体积很小的一个电火炉，那红通通的铜条和阵阵热浪，不啻是这个川西深秋的夜里，最让人依恋的东西吗？

一边梳头发，一边有一搭没一搭地跟店里那个年轻服务员聊天，听她说旅游高峰时，人们白天黑夜轮班到客栈睡觉的盛况。厅里散落地坐着几个人正在唱卡拉OK，藏民。虽然康定大街上到处都能听到周杰伦、林俊杰们最新的流行歌曲，他们却只对自己的民族歌曲感兴趣。围着电视机，也不用话筒，就那么一首一首，态度认真，旁若无人地唱着自己的歌。

于是就有些恍惚了。这暗的门厅，暖的红炉，热腾腾的白开水，素不相识或红脸或黑脸的陌生人，时而悠扬，大多数时候高亢的藏歌……楼上，有人正跟匆匆赶回的老板登巴聊天，窸窸窣窣的声音间或传下来；鼻息间，是飘在空气里的我头发上淡淡的洗发水味儿……

临行前，我曾对这次出游的种种可能做过想象，并且早早就开始大把吃红景天之类抗高原反应的药。我也曾不断给自己打气，一定要对即将面临的辛苦甚至危险从容面对，绝不能在美景当前因体力或健康问题当逃兵……

我却怎么也没有想到，旅行的第一天竟会如此舒爽、绵软甚至略显奢侈。

无论未来几天将要面对什么，多年以后若要回忆，今天的康定，这个有着暖暖炉火和醺醺睡意的夜，我是怎样也不会忘记的吧！

　　嗯，还真是困了。睡。

大渡河水伴我走

1

第二天的行程，从四人在登巴客栈门口的合影开始。其时，开着小面包车的扎西和他女朋友已经等在门口了。

扎西是前一晚小好、小北俩姑娘泡完温泉后，在马路边"捡"到的。在康定，满城都是各种新旧不一的长安之星，车主们连察言观色都不用，随手就能拉到足以支撑一次长途旅行的客人。

扎西是个皮肤黑、眼睛小的男人，比之想象中高大健壮的康巴汉子，扎西的体形看上去有点儿过于消瘦。没等我们问，他自己就先说了：父亲是藏族，母亲是汉族，也算混血了。他那个名叫拉姆的女朋友倒是正儿八经的藏族姑娘，黑里带红的脸蛋、酱紫色藏袍，汉语也是将就能简单交流的水平。她一直很沉默，眼神中的颜色与其说是羞涩，不若说是警惕。在我们与扎西商量出发事宜的时候，她始终坐在面包车的副驾驶上，一言不发。

扎西却有点儿过于健谈了，语速又快，加上他不停转动的小眼睛，就像一只犯了多动症的小耗子。脑袋瓜也机灵得要命，面对小好、小北两个伶牙俐齿的姑娘，从讨价还价到路上诸事，他一点儿亏都没吃，笑呵呵就谈完了。

扎西爱唱歌，一路上，车载音响就没停下来过，各种广场舞大神曲，倒是热闹。后来，拗不过大家再三央求，他清唱了一首藏歌，终才让我们见识了一把高原来的好嗓子。可是，人家唱完了，却不以为意地指着身边的女朋友："她唱得好，她才是真会唱歌呢！"

拉姆却好像仍未打消对陌生人的戒备，一声不吭地坐在座位上，只管摆手摇头。

2

康定往北，我们的目标是新都桥，一个在所有旅行攻略里都被称作"摄影家天堂"的地方。而这一程，陪伴我们前行的，是大名鼎鼎的大渡河。

虽然也是河，虽然也是山，虽然也到了凉风萧萧，满目黄叶的秋日，大渡河却像一条变幻莫测的蛇，几乎是每时每刻都在幻化着自己的位置和形象会儿它在呼啸中与你擦肩而过，波涛扬起的微寒扑面而来；一会儿它高高奔流在车行上端，似乎瞬间就会把湍急的水流全部兜头向你倾倒；一会儿它又沉到脚底，你大可从上面俯视着它水底的彩石默想出神……

过了好久我才明白，水势变化实际上依的是山势变化。我们所走的正是一条不断爬坡下沟的山路，而那条河就是在这样的山路上，如长链般连缀着一路黄的树林、红的草地、矮的灌木、大的山石以及蓝的高天。

那感觉，很奇妙。

途中还经历了一场雨。雨势来得猝不及防，雨点也特别大，太阳彼时却还是明晃晃的。于是，在雨滴泻落的过程里，便自然折射出千百万点金光闪闪的光斑来。所有一切立时在灿然中恍惚了，说是仙境，那路分明曲曲折折就在那里，说是现实，为何眼前心中，又似梦里？

可惜这段太阳雨下得时间并不长。它突然来，又突然走，就好像专门等在那段路上，只为送我们一程。

3

车出康定三四个小时，我们看到了著名的丹巴梭坡藏寨古碉。

丹巴自古被称为"千碉之国"，据说保存有距今两千年的古碉。藏寨与古碉混合建造则是藏区古村落的传统建筑风格。藏家人的寨子一般修建在向阳坡梁上较为平坦的地方，寨子由几十户至上百户人家组成。梭坡藏寨一幢一幢或独立而居，或成群结队，风格极为统一。因为所有古碉都是随山势起伏而建，那高高低低、错落有致的分布方式，加上山间那半隐半现、若蓝还紫的雾气缥缈，看起来，整个碉群就是一片田园牧歌式的世外桃源。

相传，古时藏民为保护村寨不受侵犯、应对部落之间战争，是古雕群形成的真正原因。而今天，当我站在这样奇妙的建筑面前，更多臆想的却是那里的人们，该是过着怎样的生活？面对山上山下这些呼啸而过的车辆，这些充满好奇的来自都市的面孔，古碉里那些纯朴的眼睛里，是不是也充满了好奇？

或者有一天，我真的可以专门越过那山冈，走进高高的碉楼，在那据说是世界上最美的古村落，静静看夕阳，安心数星辰。

4

早上出发时还活蹦乱跳的小好姑娘，今天却昏昏睡了一路。原来，前一晚的登巴客栈里，她严重失眠，好不容易熬到天亮，终于还是跑到附近一家医院去吸了罐氧。

这可真是让人吃惊的事情。论体质，我一直以为最先出问题的人应该是我。况且，这才刚过康定，高海拔的地方还没到呢。但仔细想想，也难怪。小好绝对属于理论派，出发前几乎将这一行中重要的高海拔地区背了个一清二楚。她和小北带的那一大堆抗高原反应药，也都是她出发前准备的。

想必这姑娘一路紧张着高原反应，却在海拔才只两千多米的康定就把自己吓昏了。而我这样糊里糊涂走哪儿算哪儿的家伙，反倒占了无知者无畏的便宜，短时间内居然还没什么反应。

谁说知识就是力量的？

瞎掰。

塔公之夜

1

一路边走边玩边拍照的结果就是，天黑之前没能赶到新都桥，只好夜宿塔公。塔公，藏语意为"菩萨喜欢的地方"相传文成公主进藏时途经这里，随身携带的释迦牟尼佛像忽然开口，示意愿留驻此地。众人立即就地按照佛像原貌复制一尊留下。从此，高原上有了被称为"小大昭寺"的塔公寺，塔公草原也因此得名。

但是在藏族人扎西口中，这个"菩萨喜欢的地方"还有另外一种说法：相传很久以前有一对兄弟，都是活佛。哥哥跋山涉水到了拉萨，在那里住下并给弟弟捎信让他赶紧过去。弟弟收到信后马上出发，却在走到塔公的时候，一下子就喜欢上了这里，于是给哥哥回信说决定留在塔公。从此以后，很多没有能力到拉萨布达拉宫朝圣的人就会来到塔公，塔公寺也成了藏民们朝拜的另一圣地。

既然是圣地，咱也进去瞅瞅吧。

这是一座安静的寺庙，或是因为季节，或是因为已是下午 5 点多，几乎只有我们几个在寺庙里转来转去。高的红墙与金的佛龛在静默中透露着不容小觑的威严，而主大殿里一名年轻喇嘛更像是一个藏在佛脚下的影子。看到我们进去，他也不吭声，只默默将殿里的灯全部打开，让我们参观、拍照。但当我举起相机对准他的时候，满以为他会像门外那些喇嘛一样，伸手向我要一块钱拍照费，他却很有礼貌也很坚决地向我施礼拒绝了。

释迦殿在主大殿的右首，此刻已经一片黑咕隆咚。不料就在我准备退出的时候，才发现门边儿上有个妇人正在行五体投地礼。俯身、趴下、拉开全身、俯首、拜……在那样无边的黑暗里，她做得一丝不苟，对我们这些闯入者完全置之不理。年轻喇嘛说，这妇人是来还愿的。在藏传佛教里，凡是在佛祖面前许了愿并且实现了的，许愿人就要在佛前磕十万个头还愿，以感谢神灵的恩典。

直到出了殿门，我还在想，十万个头，那该是一个怎样的心愿啊！

2

寺庙左边是一片塔林。100多座塔，白的、黄的、红的、绿的，默然静立。我们转塔，一圈接着一圈，除了自己的脚步声，空气里只有经幡随着山峰呼呼作响的声音，偶尔也会有转经筒叮叮作响，隐约从很远又很近的地方传来，想要听仔细了，却又倏忽消失于无形。

天色渐渐暗下去，将要离开塔林的时候，远处的一处风景却让我们失声惊叫。

那是雅拉雪山。白天我们曾经路过，但当时正好阴着天，基本没看清轮廓。而此刻，正值夕阳西下，那雪山好似一尊圣佛，头戴金光灿灿的帽子，又辉煌又雍容，坦坦荡荡地，就把自己的全部容颜展现在我们面前。

雅拉雪山是很多登山者渴望攀登的圣地，海拔5820米，是大雪山山脉的第二高峰。山顶终年积雪，云雾缭绕，藏传古籍称其为"第二香巴拉"，即香格里拉。因为一年中能看到它全貌的日子不超过一百天，所以它又被称为"云中的山"

那么也就是说，今天，在我们埋着头一门心思围着塔林转圈的时候，老天却用它最明媚的夕阳，把雅拉雪山打扮出最美丽的样子。我们看着她，犹如仰视一位身材高大、面容端庄、品性敦厚的草原女主人。她稳稳当当立在天地之间，像是与我们遥遥相眺，又好像正仰望金色天空，等待自己放牧的丈夫和放学归来的孩子。而近处，那些深红的庙墙与五彩的塔群，就是她华丽的衣装和璀璨的首饰，生生世世，永与相伴。

这算是佛见我们虔诚，所以给予的恩赐吗？

3

塔公那家小旅社有一小段楼梯。我背着包扛着相机噔噔噔就往上蹿，才上去四五级台阶，突然感到胸口好像被一只巨大的拳头狠狠捶了一下。心慌气短、头晕目眩，脑袋像被罩进铁罐，剧痛随之而来。也就是从楼梯口到房间的那短短几步路，我都担心自己究竟能不能到达。

哦，这就是高原反应了。在海拔3732米的塔公，我终于第一次晓得了它的厉害。

除了寺庙，小城塔公的风景其实乏善可陈。那些被我们大惊小怪想要留在相机里的建筑和面孔，不过是当地人生活的场所，以及他们每天都能见到的兄弟姐妹和邻人。才是晚上8点多，路边商店几乎全部关门，只有一家摆着台球桌的门头还亮着灯，接纳着年轻的藏民一与爱穿藏袍的中老年藏民不同，当地的年轻人都喜欢穿冲锋衣。不仔细看肤色，有时候你会分不清究竟谁是原住民，谁是旅行者。

塔公的夜来得很早，而且天一旦黑下来，那可真是让人心惊胆战的黑。如果不是戴着头灯和手电筒，路是完全看不清的。突然想起莫言曾在一部小小说里写道："为什么以前的黑夜就会那么黑呢，现在怎么就再也没有那时候那么黑了呢？"还真是的，在我生活的城市里，似乎也已经很多年没有遇到如此纯粹的黑夜了。

直到看见扎西家星星点点的灯火，我才醒悟：在没有被商业化的小镇和没有被霓虹照亮的街道中，这黑暗所代表的，也许才是最原始的生活习惯和最安心的存在方式吧。黑暗里，有妈妈叫孩子回家的招呼声，有家家户户窗口传出的电视声，还有晚归的狗吠声……这么多年，我们被都市的灯火辉煌晃花了眼，却完全忘记了，世界上还有一种天色，叫作"黑"。

塔公的黑夜，是一种古迹，一种奢侈，一种数量越来越稀少，距离我们越来越遥远的美好。

何以清心寡欲

清晨，遇到了此行出门后，第一个阴霾天。寒冷来得很轻，空气里湿润的味道相反却好像含着一丝微暖。

大概是睡了一夜已经有些适应，早起并没有昨天那种头重脚轻的难受。匆匆收拾了行装下楼，在院子里遇到客栈的服务员，很热心地烧了开水让我们灌满上路。

出塔公向南，面包车一路在有些微潮的路面上行驶。刚开始时还算平稳，虽知道是在爬坡，但那种直上直下的感觉却并不明显。于是一车人都很放松，扎西一直在唱歌，还时不时蹦出两句藏语来逗大家开心。小北、小好则忙不迭地用 mp3 录制着从昨晚塔公夜游到今晨出门吃的那碗清汤面等各种旅行故事，声情并茂，鼓鼓噪噪，很是热闹。

这样走了差不多 1 小时，上山的路逐渐变得陡峭狭窄起来，弯道与曲折也频繁起来。随着山势变高，山中的雾气越来越浓重，有些地方甚至在车前 10 米的位置，就已经完全看不清路了。而山路的另一边，则是越来越高、越来越险的峭壁。

扎西不唱歌了。作为在这条路线上讨生活的藏民，他比我们更清楚此刻绝对要集中注意力。小北、小好大概笑闹够了，双双闷起头来呼呼睡去。车里渐渐安静，车外的风声便一阵紧似一阵地清晰起来。这是属于我的清凉世界。

即便有浓雾遮挡，我仍能看到车窗外，那些把自己装扮得色彩缤纷的树，正在帘幕一样的山雾后面对着我笑。心里的紧张突然就松懈了。唯一遗憾的是，如果这一天的行程都要在浓雾中走过，岂不是要错过很多风景？

谁知道，几乎就是在这么想着的同时，扎西突然恶狠狠地咒骂了一声，我们的车以急速而巨大的幅度向山路的悬崖一侧拼命躲闪了一下，又迅速回转到正路。对面，一辆硕大的集装箱车几乎是擦着边儿的，从我们刚刚闪开的路上，呼啸而过。

我第一次确切地知道了什么是"心都提到了嗓子眼"和"大惊失色"，然而，这天地似乎根本就不想给我矫情喘息的空当，更大的惊奇在片刻之间降临，让我刚刚因为惊吓而大张着的嘴，再也难以合上。

　　就在绕过与集装箱车擦肩而过的那个拐弯处，车前端的世界像被撕破了的布幔，瞬间天光大亮，豁然开朗。先前的浓雾就好像从来就没存在过，眨眼间踪影全无。太阳像是躲在垭口后等候的顽童，一定要在我们走过之前所有的险途难路后，才肯扑通一声跳将出来，把你惊个不知所措。

　　这实在是最近两三天里我所遇到最神奇的情景。忽然敞亮起来的不只空气和阳光，那曲曲折折几乎看不到尽头的路，此刻也变成了大道通途。不远处，赫然立着一面蓝色路牌：高尔寺山，海拔 4412 米。原来，我们已经上到了今天的第一个高海拔，以 3300 米的新都桥做出发点的话，在短短 20 公里路程里，我们总共向上爬升了 220 米。

　　必须在路牌下留影啊！虽然，窒息与头痛的感觉，如暴雨般袭来。

　　好在之后的路途总算是走在阳光里了，路上景色更逐渐显示出大美川西的丰采。如果说我从来没有见过那样的天，我会怨恨此行之后大概永远也见不到如此的蓝了；如果说我从来没有看到过那么多雪山，我会伤感从今往后应该没有更多机会再见识更多雪山；如果我从未走入过那样空灵的山谷与浩渺的深林，我知道，此情此景，此生有此一次，就已足够。

　　之后，我们又先后经过了两个高海拔，分别是 4459 米的剪子弯山 4718 米的卡子拉山。头一直是晕的，胸一直是闷的，脚步一直是不敢高举高落的，甚至说话声音都不能太大，语速都不能太快。就连转个头，都要很小心翼翼，别转得太快、太猛，否则就会头晕目眩、昏昏沉沉。

　　在美景面前，心潮澎湃的人们只好严格控制自己的情绪，谁稍有妄动，其他人便会集体提醒：清心寡欲……清心寡欲……

　　可是，面对这样的山河，谁又真的能清心寡欲呢?

雅江婚礼

如果扎西没有把车停在那家酒店门口去找厕所，大概今天最美的景致就要错过了。

这是一座名为雅江的小县城，位于四川甘孜州南部，海拔 2600 米。雅江的藏语名为"亚曲喀"，藏语"河口"的意思。因为县城是雅碧江重要的渡口之一，清军曾设汛守备，置县时也曾以河口命名，后来就更名为雅江。

初入雅江，原以为实在没什么好瞧的。整个县城就好像建在一座悬崖峭壁上，几乎所有看得见的街道和房屋都处在修缮阶段。小城终日笼罩在巨大的烟尘之中，到处都是压路机，到处都是运石车。中国几乎所有城市都处在这样的境地里：天天在拆，时时在盖，举国上下，到处工地。

就在巴不得早早离开的时候，我们发现了一场地地道道的藏族婚礼。

刚开始，还只是被酒店门口穿着异常漂亮的男女吸引。正打算仔细看看，不想马上有人招手示意我们进去，还有几位大妈很热心地操着生硬的汉语说：去前面吧去前面吧，新郎新娘在前面哪！

婚礼果然是一件让人发自心底地欢喜，需要最多人祝福的事情。

进到举行婚礼的院子，我们才意识到这场婚礼的规模到底有多盛大。这大概是全雅江最大的酒店，一座围合起来的三层楼，圈中一大片空地，极为密集地摆满了圆桌，以每桌十人计算，这密密麻麻几十桌，少说也有三四百客人。同伴直咂舌，全雅江才多少人哪？！

婚礼是纯粹的藏婚，客人却是汉族藏族各占一半。原来，这是一位汉族小伙子娶了一位藏族姑娘。舞台上那对身着藏族盛装的新人披挂了一身雪白的哈达，头上戴着厚重而质地优良的皮帽，长长的动物皮毛在耀眼的阳光下闪着顺滑的光泽。更有一大群穿着崭新藏袍的老老小小，还在继续把红、黄、蓝、绿、白五种颜色的哈达逐一献给台上的新人。

据说这五种颜色的哈达分别代表的是兄长、朋友、老人、亲戚和孩子等五方面的祝福。每种哈达由两个人献上，五种全献完，新郎新娘的身上顿时就披挂得花花绿绿，蔚为壮观。

我们就那么进到了人家的婚礼现场，还对着各种各样的人按快门。不知是婚礼的喜庆还是原本民风如此，所有人都是笑眯眯的，多数人大方地望向镜头，个别害羞的也只是红了脸，往一边侧过去一下，再舍不得地回头来继续看着。

也许对当地人来说，这几个身着冲锋衣、戴着帽子眼镜、挎着腰包相机的人，其实也是最奇特的风景吧。有很多人干脆连新人都不看啦，伸长了脖子瞅我们。有两个小姑娘笃笃笃跑到我面前，嬉笑着叫"外国人！外国人！"然后又笃笃笃跑走了。

我看风景，风景看我，果然如此。

直到扎西急匆匆找进来的时候，我们已经在这场婚礼中黏糊了一个半小时了，而在雅江县停留的真正目的——吃中午饭，早已经忘得一干二净了。

在天堂与地狱间游走

川藏之路，浩渺宽阔，却并不寂寞。沿途有风景，也会遇到同行。在新都桥，我们站在山边拍森林雪山，路过的几位大叔专门停下来拍我们的背影。也遇到一群头发花白的老人，来自四川音乐学院老年骑行队。他们始终精神抖擞，欢笑满途，在我身上越来越严重的高原反应，他们似乎丝毫都没有感觉到。

下午 4 点多，在小城理塘加油。小好突然指着前方一堵砖墙上的标语："快看快看，这里也写'八荣八耻'，好玩！"

我却再也没有感觉好玩的能力了。整整一天，我始终处于兴奋状态，而 3 个高海拔的上上下下与走走停停，让我感觉好像是在天堂与地狱之间穿来穿去景美如画时，我会暂时忘却头痛与胸闷，兴奋一会儿，癫狂一会儿。而头疼与胸闷却锲而不舍地纠缠着我，在每一个暂别美景的地方突然袭来，像是在提醒我这样的大好美景可不是白给的。到理塘的时候，我的身体状况已基本到了极限，终于完全瘫软在了车后座上。

好在，天已经开始黑下来，应该没什么景色可错过的了。只是一直开心的扎西此刻看上去有点儿焦虑。后来他才告诉我们，前往稻城的山路其实是遍布危险的。尤其夜黑风高的晚上，路中间很有可能会有石头路障，那是山里的劫匪要抢过路的游客。曾有自驾游的一辆车、四个人，在经过巴美一段山路时遇到过那样的劫匪，他们虽然侥幸硬闯过关，司机却被劫匪开枪打伤，后来是胳膊上流着血冲回了康定城，才算脱险。

尽管扎西立马安慰我们，"那都是发生在其他路段上的事故，我们现在走的这条路是很安全的，否则我也不会选择走夜路。"话虽这么说，我却仍在几天里第一次感到了恐惧。天几乎是在瞬间转为漆黑，面包车前车灯的亮度聊胜于无，时不时还要被迎面而来的大货车或客车大灯晃花了眼。

一切都变得扑朔迷离，充满了不安和张皇。

晚上 6 点多，我终于难以忍受剧烈的颠簸和高原反应，开始呕吐。距离午饭时间已近 7 个小时，胃里几乎是空的，却仍然要吐，先吐完了刚喝的水，再吐胃里本来就有的水，然后赶紧喝水，然后接着吐……

我终于知道了，从天堂直入地狱是什么感觉。

　　大家都没有料到我的反应会这么大，除了不断帮我搜罗可以用来呕吐的塑料袋外，就是聚集所有水壶让我不断补水。最后，小北和小好开始把两天来跟扎西学到的藏语全部串起来，再装进《大长今》主题歌的曲子，唱了一首奇奇怪怪的藏文歌。

　　我很清楚她们是想逗我开心，却也只能在心里感谢。夜色像黑的巨手从车窗与门缝里伸进来，紧紧掐着我的脖子，让我不能呼吸；敲击我的脑袋，让我头痛欲裂。但奇怪的是，从始至终，无论有多难受，我都丝毫没有怨怼。我对自己说，好吧，这就是我的川藏之行了。在经过了那么长时间的切切盼望与那么多次的坚定思想、吃药准备后，大概也只有真的经历了这种生不如死，我才算是对这片神秘而圣洁的大地，有了最深切的认知吧！

　　昏昏沉沉中，我依稀看到曲里拐弯的路前方，有点点灯光正闪闪烁烁。逐渐寒凉下来的夜色中，那灯光看上去有如泡在水里的霓虹，影绰绰，湿漉漉。

　　终于，稻城，我半死不活地，来了。

活佛嘎嘎

1

清晨,在寒冷中苏醒。

昨晚我几乎是在半混沌状态下走进这里。直到准备要出发时,我才知道这家旅馆原来名叫"亚丁人社区"

20块钱一个床位,楼下前厅就是酒吧间,有可以上网的电脑,穿五彩冲锋衣的背包客们进进出出、匆匆忙忙……物美价廉的青年旅舍。

稻城的早晨,安静、冷清。大多店铺还没开张,只有几个卖早餐的门头里冒出汩汩蒸汽,给这个寒凉的早晨带来些许暖意。这是一座靠旅游开发而来的小城,街道平整干净,店铺整齐划一,连门头都是统一格式和字体。一家早起的音像店里,林俊杰的《江南》正悠悠唱着"风到这里就是黏,黏住过客的思念。雨到了这里缠成线,缠着我们流连人世间,你在身边就是缘……"

找了家小饭店吃早饭,离开时店老板很热情地问我们有没有带热水,还说再从这里经过的话,即便不吃饭,也可以去灌开水:"你们要走那么远的路,热水是一定要带足的。"

像这个早晨的太阳,不刺人,很温暖。

2

再次出发,司机却不再是扎西。小两口在我们起床前,就已早早离开了。扎西要赶着回康定,那里有几个台湾游客包了他的车,他得马不停蹄地回去,再继续走这条路过来。这条美丽惊险刺激的路上,维系的是扎西和许许多多像他一样普通藏民的生计。

今天我们又包了一辆长安之星,也是在稻城马路边上遇到的。车老板居然是个活佛,据说在拉萨经学院进修了很久,而且极擅画宗教壁画,稻城不少地方都有他的墨宝。

上车第一件事,他给我们每个人都递了张名片。

活佛名叫嘎嘎。

3

出稻城不过十几分钟，嘎嘎带我们见识了闻名遐迩的红草地。

红草地位于离稻城14公里远的桑堆镇吉乙村，只有半个足球场大小。生长在这里的红草属蓼科一年生草本植物。据说夏天时一片碧绿，到了秋天就变成火红一片。我们到的时候，正值四川雨季刚过，是看红草地最好的时节。

不知道是不是活佛的功劳，今天的天色蓝得反常，像一整块反射着光的蓝玻璃，不戴墨镜，简直晃眼。蓝天下、碧水间，灿黄的树林、鲜红的草地，还有身着鲜艳藏服的藏族孩子……上天对这一小片土地似乎特别偏爱，又或者是打翻了凡高的调色板，所有世界上最艳丽的颜色全都一股脑地在这里铺陈，之浓烈，之明媚，之泼洒肆意一端地让人喘不过气来的任性啊！

所以红草地应该是最适宜入画的地方吧。此刻，它被围在一圈简易护栏里，门票售价4元。我们进去的时候，已经有不少扛着"长枪大炮"的摄影爱好者在起劲拍照了，红草地像一位浓妆的新娘，等在那里，供人仰慕。

一些盛装的藏族孩子想必早已熟悉了此情此景，见到镜头便极为熟练地摆好姿势。也有一些成年人，一脸讨好地将自家孩子推向我的镜头，并讪笑着伸手要一块钱拍照费……所有风景其实都是资源。风景之外，人们眼里只有风景。风景之中，却是当时当地，一些人真真实实的生活。

4

稻城往西南3小时，便是亚丁。一路阳光普照，风景绮丽。突然就想起了家乡新疆。虽然这里的山更高，树更密，颜色似乎也更多，但我总是觉得，在西北与西南之间，有一种风格是共通的，这种共通让我总是会有恍惚间走在回乡之路上的错觉。

是"苍凉"吧。那是久居城市，与许多物件摩肩接踵，拥堵到几乎透不过气来的都市人所永远不能体会的，宁静的苍凉。

路上与活佛嘎嘎聊天，知道他拥有一座喇嘛寺，离稻城很远。以这座寺庙为核心，周边的善男信女以供奉他为礼佛的方式。每年藏传佛教的各种重要日子，嘎嘎都要在寺庙里主持法事，其他时候则由他的弟子喇嘛主持日常工作。

此时的嘎嘎，正值休假，所以他只是一位普通的靠开车拉活谋生的藏民。而今年早些时候，他在南方的一些寺庙里给人画了整整7个月壁画，最近才刚回到稻城。

　　出发前曾去嘎嘎家门前站了站，看到了他那装修精致、很有些恢宏气势的两层民居，我突然想，这位靠供奉就可衣食无忧的活佛，之所以还要如此辛苦地开车、画画，是不是也是一种修行，也想寻求一种与高高在上、受人膜拜所完全不同的生活感受呢？

沉睡在岁月的冰河

1

进了亚丁景区的大门，车又往前走了一个半小时。

这一个半小时的路程，真不轻松。路是一径儿攀沿着往上的，刚刚够两辆车擦肩而过。山路越来越高，山路一侧的悬崖越来越陡，心也越来越吊到了嗓子眼儿。每走过一个几乎呈直角的大转弯后，我都要在心里默念：天哪，这要真一不小心歪到路下面去，等滚到山底，怕是连车骨架都找不到了吧。

更要命的是，不知道是因为年久失修还是原本就没有修完，好路总是一段一段的。刚走了十几分钟平坦的柏油路，就会冒出一段土路来，关窗捂鼻是小事，更得非常小心地绕过路上大大小小的石头土块，以免稍不留神就掉到山底下去。

即便如此，仍然打心底里钦佩修路的无名英雄啊。这条路从 2900 米海拔处起步爬坡，升到 3900 米的亚丁村后，再下到海拔 3700 米的中转站—龙龙坝，其间所有道路的宽度都在 6 米到 10 米。我们只是在车里坐着就已经捏着一把汗了，这路该是在怎样的情景下修建，过程中又有着怎样的故事发生……人类在征服自然方面，果真对这个世界奉献着无与伦比的坚持和奇迹。

2

这不能不说是一种折磨。前方，是美的景，心向往之；身边，是深的沟，战战兢兢。活佛嘎嘎一直紧紧捏着方向盘，嘴巴里叨叨咕咕地，仔细一听，原来是在念经。

一路的紧张在下午 2 点 15 分，突然被打断。

我们看到了雪山。

那是比肩矗立在路前方的仙乃日和夏诺多吉。一座戴着尖的帽，一座披着白的衫；一座细巧修长，一座敦厚踏实，在湛蓝到几乎透亮的天空下，两座雪山在我们毫无准备的情况下，就这么突兀地，立在眼前。

小好扯扯我的衣服："我怎么觉得，好像从心里到眼睛都酸酸的，想流眼泪呢？"

酸酸地想要流泪，这就是第一眼雪山，带给我们的震撼。

3

龙龙坝，进入雪山腹地的必经之地。这里停泊着若干马匹和面包车，脸色黝黑的藏民牵着自己的马招揽生意，风尘仆仆的游客则在藏民与马匹间选择着适合上山的坐骑。这场景，像极了西部草原上整装待发的牛仔与骏马。

听藏民说，从龙龙坝到我们打算投宿的冲古寺只有1小时路程，且路途平坦。仗着在青岛常年爬山的基础，我觉得这点儿小山坡简直毫无难度可言，便兴致勃勃地打算步行上山，也好活动活动坐了一路车上来，几乎要僵直的身体。

谁知才往上走了不过20米，我立刻发觉情况不妙。胸口似乎瞬间被人狠狠揍了一拳，又闷又疼；脑袋则再次如被念了紧箍咒般剧痛无比。双腿灌铅，举步维艰——高原又结结实实地给了我一个下马威。

还是上马吧。这种地方，逞能显然是最低级的选择。

选了一匹个头很矮的高原马，灰白，脾气好。牵马人是一位看上去很有些年纪的老者，满脸风霜与皱纹。仔细一问，才知道他已经62岁了。心里立刻不忍起来，想着自己年纪轻轻坐在马上，却让个老人家走在路上，实在不是滋味。可是他却不许我下马，只埋着头慢慢往前走，遇到我想要拍照的时候，还适时地停下马来等我。始终安安静静地，眼睛只望着前头，不知在想什么。

路上不断遇见从山上下来的人和马，所有马上的人，都装备齐整，冲锋衣墨镜帽子方巾，把一张脸遮挡得严严实实；而所有的牵马人却都穿着轻便的球鞋或旅游鞋，一件轻薄的小衫，最多里面套件薄线衫。他们抓着马缰绳，走得轻轻松松，毫不刻意，就像在自家农场饮马的牧民。

同样一座山，同样都是攀登。有人如临大敌，郑重其事；有人轻描淡写，全无所谓。这情境，看上去也是好笑。

4

冲古寺位于仙乃日雪山脚下，海拔3880米，是一座完全废弃的小寺庙。到达这里的时候，天色已经开始暗下来，很多木头房子坐落在仙乃日庞大而敦厚的身躯下，有烟火从木屋的烟囱里冒出来，马匹们在空地上打着响鼻，一些藏民或牵马或骑马，从成串的经幡前绕过。

想起电影《勇敢的心》，起义前华莱士生活的村落，草场骏马，田园牧歌。

木屋数量是有限的，等我们到达时，几乎所有房屋都已经住满了人。安顿好的人们正在院里架起大大小小的摄影器材，更多藏民在旅行者中间穿行，为明天准备上山的客人推销自己和马儿的服务。

我们只能去睡大通铺。这是一间进去之后就完全两眼一抹黑的木屋，矮而狭长。屋子被中央一个长条桌纵向分为左右，两边各有一条巨长无比的床一说是床，不如说是高于地面的两个长台子。上面按照一人一铺位的距离摆了一溜被褥。我数了数，一边儿 17 个铺位，这个房间，可丁可卯地正好睡 34 个人，没有一点儿空余。

天已经完全黑下来了，屋子正中的房梁上挂着一盏昏昏欲睡的白炽灯，照亮的也就是房梁周边那几寸的面积。人们陆陆续续进了门来，相互之间基本上看不清脸孔。倒也无妨，人人都在忙忙活活整理着自己的被褥，打算好好熬过这可想而知的寒冷夜晚，再去迎接明天更美的风景。

头一直在不依不饶地疼，完全没有吃东西的欲望。大家吃了一堆红红白白的药片药丸，以防止更严重的高原反应。小北边吃边唠叨："你说咱这都是干吗呢，大老远跑到这里，大把大把吃药。"

木屋外隐约有呼呼的山风响着，身边全是些陌生而忙碌的身影。昏黄的灯光下，影影绰绰的人影让我在醺醺然中有了想要睡去的困意。心里却是无比清醒的，寻思着自己此时此刻身处此地，是一件多么有趣而怪异的事。

早早就把所有能铺能盖的东西全部堆在身上身下，连脑袋都捂得严严实实，然后倒头睡下。几日奔波，为的就是明天的风景，大家都想在这个并不舒适却无可选择的地方，尽可能养精蓄锐一下。

脑袋却疼得不依不饶。即便躺下，还是有阵阵心慌袭来。我只能一动不动地听着屋外山林间呼啸的风声，以及若有若无的狼嚎。心想，这山中如果有狼，也该是世上最孤寂、最倨傲的狼吧。

对面长铺上，一个女人咳嗽的声音，彻夜不息。人们都不说话，但大概都在为她担心吧。在这种地方，最怕得感冒。会引起肺水肿甚至会要人命。

出发前，看到有些攻略里称亚丁是一直"沉睡在岁月的冰河"里的去处。而今天，当人类把自己的脚印烙在这片土地上时，不知会不会惊动了这里沉睡的神灵，会不会搅扰了这冰河亘古的纯洁。

但愿不会吧。佛祖保佑。

最是那一转身的爱恋

1

清晨，从黑漆漆的夜开始。

吃了一顿无比昂贵的早餐后，前一天说好给我们牵马的马夫陆续赶到了。很多摄影者端着相机在等日出，马夫提醒若再不动身，今天从冲古寺到五色海、牛奶海的行程就会非常紧张。我们只好匆匆离开，只拍下了太阳刚刚落上仙乃日小山尖的景色，还真有些日照金山的感觉。

山中景色，晨曦刚至，霜色漫天。所有的高树与灌木丛都落着一层白霜，像初婚的新娘头上轻轻的白纱，又像冬天里人们挂满了呵气的胡子与头发。这从天到地的一片薄白，让行走其中的人和马，看起来都是突然闯入白雪皇宫的冒失鬼，又唐突又奇怪。

我们一个个戴帽捂鼻，手套墨镜，直把自己武装到了牙齿，可是给我牵马的那个藏族小伙儿，就只穿一件手工织的毛衣外加上一件等同于单衣的外套，一条已经完全看不出什么颜色的破牛仔裤，脚蹬一双白球鞋。后来我发现，他甚至连瓶水都没有带，只在怀里塞了一个烧饼。要知道，这是一条长达7小时的山路。

2

昨天因为高原反应严重，我几乎一夜未睡，这会儿山路上又安静得有些吓人，的马蹄声听起来遥远而机械，简直就是催眠曲。所以虽然身上一直泛着微冷，我却几乎要在晃晃悠悠的马背上昏睡过去。

然而，似乎就在抬眼之间，我看到了央迈勇。

那一刻，我听到自己的心头"当"的一声。或者也可以说，那山的确是"当"的一声，就竖在了我的面前。让我猝不及防，大惊失色。

是的，大概没有人能在它的面前不失色，那洁白的白，让你感觉这世上不可能还有比这更美丽的颜色。那么高大、那么美丽、那么雄壮、那么圣洁……哦不，不，这世上应该没有词语可以用来形容出现在我眼前的央迈勇—如果说仙乃日是敦厚沉着的，夏诺多吉是秀丽端庄的，那么央迈勇就是狡黠神秘的，是难以揣摩的。它像一位从头到脚披挂着白色纱幔的巫师，幽幽地立在蓝天和白云之下，无声无息又满腹诡异地，看着你一步一步向它走去，看着你面对它，昂起头来。

原来，山是真的有生命、有气质，甚至，有脾气的。

藏传佛教里，央迈勇是文殊菩萨的化身，而文殊菩萨是属兔人的守护神。这让我对这座神山有了更多一层的偏爱。而我们这一天的行程，就是在央迈勇的注视和庇护下，一路前行。

3

站在牛奶海前，我一直为央迈勇所震撼而未能唤出来的惊呼，终于得以抒发了。

牛奶海，海拔超过 4700 米，藏语为"俄绒措"看到它时，它是一片几乎凝固状态的绿，这让我对于"牛奶海"这个名字有些百思不得其解。后来知道，据说每年春暖花开时，从雪山上流下来的水都会像牛奶一样在这里集成一潭，色泽洁白如琼浆，因而得名。

而此时的牛奶海，更像是一瓦翠色的凝脂，身居在央迈勇的山坳里，形似圆润完美的扇贝。湖中心的雪水是碧蓝的，沿着湖的周边，却无来由地围绕着一圈奶白色，就像碧玉上镶着的一圈白翠，倒是让秋天的牛奶海有了些名副其实的味道。

走近牛奶海时，我已经前腿拖着后腿，有出气没进气了。但眼前的这汪蓝水好像有着勾魂摄魄的手段，让我难以抑制地行走在水边。走几步，拍几张照，再走几步，再拍几张。这水面可真大呀，我一次又一次地告诉自己：走到那里，我就不走了……走到那里，我也就拍够了……可是，永远都没有够，脚步也永远都不听使唤。走啊走，拍啊拍，不知不觉中，我竟围着这块碧玉整走了一个来回，却依然痛感我镜头的无力。

4

早在出发前，马夫们就提醒过：牛奶海和五色海，你们不一定能上得去。

而此时，我气喘吁吁地站在蓝到几乎要将一切吞没的牛奶海边，小北和小好正在身边呼哧呼哧吸着氧。头很痛，胸很闷，华丽无比的阳光和美丽绝伦的海，与此刻我几乎要崩溃的身体形成了巨大的反差，什么是"眼睛上天堂，身体在地狱"，我算是真切地体会到了。

在高出牛奶海200多米的地方，还有一个充满了诱惑的名字：五色海。上还是不上？

心里矛盾呀。据说，这里还真发生过有人因高原反应而毙命的事，导致景区管理局在很长一段时间都会要求登山者签订"生死状"思虑再三，三十六拜都拜了，不就剩这一哆嗦了吗？上！

咬牙容易上山难。这段看上去根本不值一提的草坡，着实让我体会到了举步维艰是什么意思。而这一段山路，还真有个名副其实的大名儿：舍身崖。

区区200米，我几乎每分每秒都在努力抑制着自己想要停下来的冲动，最后干脆就真的爬两步，扭身坐下来喘口气，再爬两步，再扭身坐下来喘口气。什么赶时间下山啊，什么嘎嘎还在山下等我们啊……早就抛到九霄云外了。我唯一的想法就是：天哪，空气都去哪里了？！

就这么磨磨叽叽期期艾艾，那200多米高的舍身崖，终于被我爬上去了。面前的五色海，海拔近5000米，藏名"纳卡措姆"，意为"山顶之海"平心而论，此时的五色海较之牛奶海，并无多大特色，传说中湖底五彩斑斓的颜色并无看见。展现在我们面前的只是蜗居在仙乃日脚下的一潭静水，只有阳光与风交错穿过水面时，才能看到一些斑驳的灰色在水底悠然荡过。

心里却是极平静极满足的。也许，五色海更大的意义，在于它的高度，在于它需要我们用赴死之心前往的艰辛。而当我坐在它身边，面对着它深深喘气，并扭头向身后望去时，眼前的景色，再一次将我彻底定住。

身后，正是这两天我们陆续看到的雪山。此刻，他们正一个一个肩并肩站在似乎不远的地方，齐齐低头微笑看着我。阳光是从他们身后直射过来，于是环绕着我的群山便从上到下被罩上了一层金光，光晕毛茸茸散开，是一顶圣洁的礼帽，盖在雪山与蓝天之间。天地宁静，落雪有声。

突然，大概是山上起了一阵风，那尖尖的四座山头上，同一时刻卷起了滚滚的雪雾，远远看去，就好像四位浑身上下冒着仙气的神仙，又像传说中法力无边的神灯，正把袅袅青烟向浩渺的天际飘散。

所幸，我在几乎惊呆的时候，没有忘记举起相机，留下了这神奇的一刻。而这一景观，也为这一行5天所经历的所有颠簸与心悸，画上了最完美的句点。

5

此后，便是下山了。

在走回头路的4小时里，我突然间不愿再回望那一步步离我们远去的雪山。

　　较之上山时心中满满的憧憬与膜拜，此时的我却在马蹄声里感受到了一丝莫名的失落。似乎我的整个心胸在被群山、海和雪松给添得满满当当之后，又有另外一些什么东西，被生生抽走。这感觉，空落落的。

　　原本，我们几个相约在离开稻城亚丁以后，还要继续沿中甸去丽江，或者回成都，再去九寨沟。然而，就在从雪山离开的瞬间，人们似乎都没有了要继续出行的打算。立刻打道回府，成了大家一致的选择。

　　对我来说，这5天的行程，就好像一顿盼望了很久，也吃得很开心的盛宴。现在，我唯一的感觉是：饱，非常饱。我已经没有更多精力，再去面对更多的壮丽；也没有更好神志，再去承受更大的震撼。这五天的目睹、经历和所思所想，对我来说，已经足够。

　　那么，现在，就让我不转身不回头地离开吧。

　　只愿，终此一生，这就是我对它，最后的爱恋。

第三部分　阳光就像蜜一样

闲都

2008 年 10 月，我辞去了在电视台的工作，成了无业游民。11 月，我到了大理。

过了很久以后，我仍然认为，那一年的大理之行，与我更像是一趟救赎之旅。它让我平静，也予我喘息。它平复了我所有的纠结与不忿，像急匆匆赶了很久路的旅人，终于停下脚步，看了看来路，找了找坐标，想了想未来。

所以，有人把大理称作"闲都"大概是有道理的。人的这一生，忙来忙去、跌跌撞撞、头昏脑涨、不知所谓，真正得闲的时间实在不多。人们选择着大理，并以千奇百怪的姿态待在那里，然后塑造着五味杂陈的大理。而大理则以它的宽和大度接住了这些世俗的劳顿，给无数芜杂而慌张的心灵备下暂做停歇的清净之地。这也算是一座城市最为善意的宿命吧。

只是，我们都是无法停止脚步的行者，终究得继续走在路上。无论心里的疲惫多么沉重，面对未来是多么无助，想要停下的愿望是多么焦渴，"闲都"却永远只能是坎坷路途上聊以喘息的驿站，苍白现实里充当调色的插花。

大概正因如此，我在古城里从未听谁说过，要一辈子待在大理。不管曾经多么与众不同、另类不羁的人，总有一天是要选定一座城、一间房，不再颠沛流浪，甘于沉静平凡的。人类对于幸福的定义，其实从古至今都有着统一而顽固的标准。只是有人领悟得早，就急急投身于世俗的洪流，有人还不甘心，偶尔任性，开开小差。

没有人可以做生活的逃兵。既为一世，就得承当这一世的重责。"艳遇之都"也好，"休闲之都"也罢，在风轻云淡的放弃与热血沸腾的燃烧之后，绝大多数人还是要回归到无聊却真实、平淡却绵长的生活中，匆忙劳顿，踏实终老。

唯其此，大理的存在，才更加合情合理、不可或缺。

做个闲人

一

我与旅伴调子的会面是在昆明火车站，那片拥挤着无数黝黑面孔和无措神情的阳光下。

调子姑娘祖籍陕西，跟我属搭得上边儿的西北老乡。我们因为登山相识于青岛，相熟却是因为酒——有一天在山友 QQ 群里相遇，她说："女人，听说你能喝两杯，咱啥时候整点儿？"我说："女人，择日不如撞日，我看今天就挺不错的。"于是，俩女人就在青岛一路边小店儿里喝二锅头，我俩从此便笑称对方其实是自己的酒友。

调子酒量其实很一般，却绝对敢喝。而两个性格迥异的人之所以能成为莫逆，大概源于骨子里都是深恶"假装"的人。我们都很西北，不爱啤酒爱白酒；都爱帅哥美女，坐路边喝酒时也发花痴，评论这个女人小腿真好看，那个男人发际线将来肯定比得上爱因斯坦。

这次我决定前往大理，已经远嫁广州的调子几乎是片刻间就与我达成共识，并赶往昆明与我会合。当我时隔一年，在人群中看到调子那张铺满阳光的小瘦脸时，竟感觉我们好像从来没有分开过。

二

晚上 10 点多，我们终于在大理昏暗的路灯光中见到了前来迎接的小杨。小杨是"部落人客栈"的服务员，穿白色紧身毛衣和白色马甲，个头不高，肩膀宽宽。皮肤深棕色，大而深邃的眼睛上围着一圈长长密密的睫毛，煽成亚麻色的头发长而浓厚，典型当地美女的长相。美中不足是下巴稍长，嘴巴略大，这让她的脸上总是呈现出一副发愣僵直的神情。尤其是之后半个月里，我们夜夜迟归，她在睡梦中醒来，头发蓬乱、面色憔悴为我们开旅馆大门的样子，总是让我们的心中充满不忍。

可是小杨说，大理城的人都这样，没什么准点儿，习惯了。

在见到第一个大理人小杨的那个晚上，我们并没有意识到大理的蛊惑性。

我们仍以面对一个普通旅游城市的心态，审视着这个已经陷入黑夜的小城，打量着那间位于大理古城五华楼下，门口挂着红色灯笼的客栈，期待着我们刚刚开始的大理之旅。

三

如果有人问我，在去过的地方里，最喜欢的是哪里，我一定说不出。一座城市是否吸引我，不在于那里的风景好不好，而在于那里有没有我喜欢的人，或者能够与我分享过去、共享现在的朋友。有什么样的风景，抵得过人心的快乐和安宁呢？

所以此番大理之行所有的快乐，也许正是源于结伴而行的两个女人是那么截然不同又相得益彰。我是方向盲，调子却是高手，自己带了本厚厚的地图不说，刚到大理又买了份牛皮纸地图，到哪儿都揣着；我懒惰，出门在外，能一句话解决问题的，绝对不说第二句，调子却很善与人交往，到大理没几天，就认识了不少人，乐得我省事；我凡事随意不想拿主意，她则很有主见，每天上哪儿、干什么、吃啥饭，都由她决定，我服从。

喏，这就是我想要的大理之行了。在很多人讶异的目光里辞去工作的时候，我就已经想明白，我再也不愿过那种生活了。不愿考虑那么多问题，不愿每天都要做决定，不愿焦头烂额解决这样那样的事，不愿看上去众星捧月繁花似锦，实际却一堆礁石烂滩、芜杂繁乱。我是那么没有上进心又那么能力有限的人，却十几年如一日殚精竭虑，顶着个能干强人的名声苦苦搏杀——我不愿意。

所以，我需要大理这样的地方，需要调子这样的女人。它的闲适安宁和她的宽和聪颖，能让我安歇，让我平静，让我第一次感受到，在这个世界上，我终于可以大言不惭地，做一个毫无用处的人。

四

于是，在达到大理的第二天，我和调子分别选择了各自喜欢的休闲方式：我在客栈里休养生息，她去街上溜达，规划我们之后的行程——瞧这搭配，要多合适，有多合适。

阳光下的"部落人客栈"，让我再一次打心眼里感谢着昆明那位不曾谋面的朋友。推荐这家旅馆时，她还有些保留，说如果不满意，我们可以随时换地方："要知道，在大理街上找旅馆也是种乐趣呢！"

可是，"部落人客栈"真的很好。它闹中取静地坐落在大理古城正中心的一个小巷子里，上下两层楼，几十间大小客房，镂空的木质窗棂与门楣。楼下是一座修葺别致、幽雅闲适的小院儿，环绕庭院中心的石桌石椅，密密种着竹林。沿小院一周都有木质长条桌椅，可以想象旅游旺季时，这里坐满游人时的情景。

有位头顶微秃的中年男子一大早就在院子中间忙活，这会儿看我独坐，便过来搭讪。原来正是这家客栈的老板。据说是4年前花30万买下这院房子，当时房子全都是木质，冬暖夏凉，舒服极了。可惜作为客栈，木房子隔音不好，防火也难，他只好扒掉旧房子重建了现在的客房。"我刚把房子盖好，就有个广州老板出280万要买，我都没卖。没必要啊，这个地方虽然挣不了大钱，但养活一家老小度日是没有问题的，尤其是旅游旺季，比现在的房价高出好几倍呢。"

中年男人站在院子中间的阳光里，身穿最普通的灰色夹克衫，双手插在裤兜里，一边无意识地用脚底搓铺在地上的圆石头，一边用云南味的普通话说："这儿环境多好啊，你看这院子、这房子、这花儿，我自己待着都舒服……"

他语调平淡，听不出兴奋，也没有炫耀，我却是心怀艳羡的。淡季的大理，客栈小院儿沉静幽闭，从早到晚也看不到半个人影，只有院外大街上隐约有葫芦丝的声音传来，提醒我身处何方。阳光好像蜜一样铺满小院子，有茶、有电脑、有音乐。饿了去旅馆门口小摊儿买烤饵块、凉拌米线，坐累了沿竹林小径走一圈。调子有时候突然跑回来，喝口茶吃两瓣橘子，说她跟哪家普洱茶店老板聊天，哪家门前站着的小伙子拉着她合影……鸡零狗碎说完，就又跑出去闲逛。

我在大理的第一天，就这样过去了。优哉游哉，跟我想象的，一模一样。

在路上

我怎么也没有想到，从青岛到大理的路程，会那么遥远。

我的家乡在新疆，那是个遥远到很多人认为去一趟，要比出趟国还难的地方。所以照理说，坐火车旅行对于我是不成问题的。遥想十几年前，我的每个寒暑假，就要在中国距离最长的一条铁路线上往返一次。那是 20 世纪 90 年代中的中国铁路，车身永远斑驳锈黄、过道永远狭窄黢黑、厕所永远又脏又臭、车厢永远拥挤不堪。而在这样的火车里连坐 72 小时硬座是什么感觉，你能猜到吗—十一个同学只抢到一张坐票、九个人挤在一张三人座上是什么感觉？被男生像麻袋一样从车窗塞进火车是什么感觉？趴在小方桌上睡着，醒来后整个上牙膛被下牙顶得几乎要全部脱开是什么感觉？铺张报纸就能躺在座位底下的地板上睡着，醒来时有若干男人女人的腿脚在眼前晃动是什么感觉？半夜从坐满一地人的过道挤去上厕所，却在拔出脚的时候发现鞋子已经被扯掉是什么感觉？在中转车站，车下的人们山呼海啸想要涌上车来，女乘务员手举狼牙铁棒在门口一夫当关万夫莫开："我看你们谁能上来！"是什么感觉？

更有意思的是，那些年坚苦卓绝的长途旅行经历，让初涉尘世的我看尽了人间百态。我曾在旅途中欣赏过漂亮的维吾尔族艺校学生弹着吉他唱着歌，热情洋溢的民族舞简直要把车厢掀翻；也看到过两帮素不相识的年轻人在车行第三天时聚众斗殴，因为其中一帮的某姑娘跟另一帮里的某小伙儿眉来眼去好上了；我遇到过一群军校毕业生从车窗上冲入车厢，并对曾拒绝给他们开窗的乘客大打出手；我也赶上过整整一车厢的复转军人，他们争相把好吃的东西送给我和另一个女同学；曾有萍水相逢的男孩儿，成为我其后多年的至交；也有号称可以帮我找工作的陌生人，骗术拙劣到全车厢人都心知肚明地看他表演……

那些美的丑的、磊落的促狭的、善良的狡黠的男人和女人们，因为长时间被禁锢在封闭的空间里，完全有可能上演出一幕幕精彩的人间活报剧。但对那一切，我在当时却真没觉得有多苦。岁月磨人，怎样了不起的刻骨铭心，终了也不过沦为谈资的过眼云烟。及至十几年后的今天，其实依旧有很多如我一般平民家的孩子奔波在中国漫长的铁路线上。还能有机会看到那些故事那些人，至少说明他们还年轻，还可以了无心事地看人来人往、车行车停。

所以也许我该感谢那段经历。虽然，如今我连坐 5 小时动车都已不耐烦。

二

当我在卧铺车厢的中铺躺到腰酸腿痛脑袋晕时，终于明白了一个事实：虽然这么多年来，中国铁路持续上演着改革、提速、提高服务质量之类的噱头，火车上的人世间本质上却基本没变。有人一上车就开始蒙头大睡，需要乘务员吆三喝四地才知道自己已经到站了；有人到处找人瞎侃，从金融危机聊到摆摊开店，普天之下做生意的道理简直没他不知道的；有人把火车当成是饕餮垃圾食品的胜地，一天三顿按时按点，方便面、火腿肠、薯片、锅巴，鸡爪、芒果和烤鸭……他们在火车上的所有时光，都是在不停地吃，然后给车厢稀薄的空气里增添各种各样食品的味道，最终混合成难以言说的恶臭。

乘务员依然是地主家的女儿，牛气冲天、爱答不理。一位农民伯伯关于到站时间的问题多问了两遍，被额前飘洒着漂亮刘海儿的年轻乘务员翻了十几个白眼；洗漱间里三位女乘务员正在梳洗打扮，没完没了地洗脸刷牙涂脂抹粉。精修细整的当口，还不忘展示"三个女人一台戏"，叽叽喳喳把洗漱间占据了半个多小时才晃晃悠悠走了，根本对站在旁边的我和另外一位乘客看都没看一眼……

所幸，出门时我带了一本《池莉小说精选》，有砖头那么厚。虽然收入其中的小说基本都是大学就看过的，而且这本盗版书上的错别字实在多到离谱，但池莉"新写实主义"风格下的人情世故，却恰好切合了我正身处的车厢。女作家用如外科手术般的笔调，解剖着这个看上去喧嚣繁华，实则芜杂不堪的世界，鲜血淋漓，毫不留情。

该有多绝望啊，在那样的环境下，把书写成那样的人生。下车时，我把书丢在了铺位上，故意的。也许我会再去买一本新的，正版、字号适中、没有错别字的。但至少这一程，它陪我度过了 41 小时从青岛到成都、23 小时从成都到昆明的漫漫路程，尽职尽责。

三

借着在成都转车的间隙，我与大学同学小吴见了一面。他请我去大名鼎鼎的重庆小天鹅吃火锅，却不知道那火锅里有一道三色面，是用胡萝卜、菠菜和面做成，需要下在火锅汤里吃一毕业 11 年，他一点也没变，仍然是学校里那个憨厚、与世无争的小男人，尽职尽责地做着一个省级卫视演播室的技术人员，除新买了房子、刚换了辆车外，他与两年前我见到时没什么区别，依然没有女朋友，发愁不知什么时候才能结婚。

可是，真的有什么事情发生过，在他身上，在成都身上。他给我讲地震那天，自己眼睁睁看着闹市里一栋大楼左摇右晃时的惶恐；讲有一天成都人为躲避余震，倾巢而动往城外疏散的盛况。他给我展示地震时自己二十几个小时在演播室值班，最后睡在幕布后面打呼噜的照片；给我看他去都江堰参加地震题材电视剧拍摄时的胡子拉碴野人般的工作照……那场让全中国人痛彻心扉的灾难，在我的同学——一个普通四川人的身上，深深浅浅留下了数不清的印记，无论他怎样乐天知命甚或浑浑噩噩，却总也忘不了。

在那之后，他迷上了自驾游。去年春节开车跑了趟兰州，如今又在张罗春节去东北。他热情地邀请我跟他一起，并再三遗憾自己最近没有时间，否则一定跟我一起去大理。

是什么让我们如此张皇，总得需要不断地离开和游走，才能获得内心的平静和安稳？

四

下铺是一对始终在看报纸的老夫妻。从成都出发后的第二天下午，妻子突然对着窗外说：你看，这就是云南的太阳，是和成都完全一样的太阳。

我这才意识到，这是终于踏上了云南的土地，也终于切切实实地看到了，云南的太阳。

正是临近黄昏前万物喧腾勃发的时刻，阳光显示出了她一天中最靓丽、最绚烂，却也最温情、最沉静的风韵。她那么宽和地普照着大地，把绿色的草和蓝色的水，都蒙上了金黄的颜色；她又是那么坦荡和磊落，似乎每一个被她关照到的物件，都会变得通体透亮、瑕疵全无。坐在密封的车厢里，我根本感觉不到太阳的温度，但是很奇怪，仅仅是看着车外急退而去的景色，我也能感到温暖，就好像阳光已经徐徐抚摸着我的身体我的脸，软软绵绵地，搓着我的头发，揉着我的心脏。

那是我第一次看到的云南阳光。它好像蜜一样，黏黏地附着在广袤而葱翠的土地上，好像蜜一样；深深地吸引着，正在逃离的路上渐行渐远的我的灵魂。

一日骑行三十里

一

第二天，仍然是大晴天，阳光仍然好像蜜一样。

是过了三四天之后，我和调子才停止了每天早上对天气和阳光的赞美。逃离了朝九晚五，我们终于可以每天睡到自然醒，一个人洗漱时，另一个便打开房门站在回廊上晒太阳—旅馆里几天也见不到一个新人。偶尔会看到服务员小杨哼着小曲做洒扫，但就连她也会长时间不知所踪。这旅馆简直成了我们自己的城堡，极尽清幽，极尽安宁。

于是我们就蛮可以只穿睡袍，斜倚在门前廊柱上晒太阳。小院儿当中有间屋子，屋顶正好与我们住的二楼齐平。那铺满房顶绿叶与叶片中盛开着的橘色喇叭花，就显得触手可及。事实上，整个大理城处处有花，姹紫嫣红，开得特别奋力。让人时常忘记，此刻其实已经是 11 月，将要入冬的时节了。

季节既已停滞，心绪难免慵懒。初来时匆匆的脚步，不由自主就会慢下来、停下来，似乎只有那样，才能对得起黏着在街道、树木、房屋以及正走着、坐着、闲聊着、遐想着的人们身上的，那些温暖透亮、甜甜腻腻、蜜一样的阳光。

二

大理第二天，我们骑着自行车去环湖。

启程是在上午 10 点多。几乎没有游客的季节，租车铺外停了一大堆自行车。虽然都很旧，却性能良好。店主是一对中年夫妻，面孔黝黑，笑容憨实。每辆车日租金 10 块钱，原本每辆车还得交 200 块押金，稍一还价就两辆车共 100 块了。胖胖的老板娘认真写着收据和押金条，矮矮的老板就专心调好车座，临走还双双挥手跟我们道再见。

开路前，我们在铺子旁一家小门店里买了两张 "喜州破酥烧饼" 这饼从此成为调子的最爱，只要碰见就一定会买，碰不上也要专门寻着去买—那饼实在是太大太厚了，一点儿也不符合我印象里南方人的饮食习惯。但等烤饼的过程却是无比美好的，那熏人到垂涎的葱香味啊！

三

曾经有朋友告诉我，大理其实景致很少，甚至在往丽江走的过程中，你就可以从车窗上把它所有的景色都看遍——不外苍山与洱海。言外之意，大理其实是不用专门前往游览的地方，对很多向往奇风秀景的游者来说，它只是一处驿站，根本就不值得专门驻足。

然而，我是那么热爱洱海。热爱在那个时刻那种心境下，我所看到的洱海。

天空绝蓝，阳光绝美，洱海看上去完全不像真实的存在，只要稍微眯起眼睛，你就会以为它只是一块凝固的蓝色物体。空气清凉无风，于是它就完全静止不动，好像连最轻微的颤动都懒得做。不远处水面上有小木船缓缓游来，连它的影子都好像倒映在一块蓝色玻璃上。

我见过大海的狂怒与静谧，也曾在博斯腾湖边听涛而眠，还在海拔五千多米的雪山上迷恋于各种海子的清奇绚丽。今天，在这片风平浪静、波澜不惊的蓝色面前，我不得不说，它不会艳惊四座，更加没有壮丽广阔。却恰是那一抹静默凝滞的蓝，让我深醉其中，几乎马上就要在码头的木凳上，枕一抹阳光，昏昏睡去。耳边连风的声音都是细碎碎懒洋洋的，谁还愿意慌慌张张赶什么路呢。

调子却闲不着。一会儿窜到码头外拍照，一会儿问木船主人打了多少鱼。那对正在忙着洗网的男女似乎很讨厌别人打扰，无论调子怎么问，女人都低着头一声不吭，男人一腔的没好气：没有没有，什么都没有！

木栈道上远远来了两个男人，当地人模样。调子请他们帮忙给我俩拍张合影，年轻戴墨镜的那个不但认真拍了，还热心地当起导演来，要我们这样那样摆姿势，句句都很专业的模样。见我们吃惊，旁边稍年长的那位笑嘻嘻地说："人家可是专业学过摄影的呢！"

临别时，年轻男子说他自己是"汉白玉"，妈妈白族，爸爸汉族，当地就叫"汉白玉"。后来回到宾馆看照片，调子突然说，不行，我得把这张合影删了。这个"汉白玉"有点儿太帅，我老公非得跟我急了不可！

四

我们很快遇到了一条神路。这是一条莫名其妙出现在路途中的石子路。它明显是认真修葺过的，宽度能容下两辆机动车并行。路面却全都镶嵌着石头，那种经过精心选择，大小统一，圆咕噜嘟的石头，排列得密匝紧实，就像有人故意弄了个险关，等着勇敢者去闯。

整整半个小时的车程啊，直累得我精疲力竭、头晕眼花。调子却始终在前头意气风发。遇到特别颠簸的地方，她就从车座上直起身来，高高抬起屁股，奋力蹬车。一边蹬还一边高声唱歌——

爱情，不过是一种普通的玩意一点也不稀奇！

男人，不过是一件消遣的东西有什么了不起！

什么叫情什么叫意？

还不是大家自己骗自己！

什么叫痴什么叫迷？

简直是男的女的在做戏！

……

我跟在后头快累死，却抑制不住地大声笑。

五

我们的目的地是喜洲，出产破酥烧饼的地方。在地图上显示着，那里有一座"白族民居"，应该算是个景点一究竟是好是坏，我俩都不知道，甚至上路之前都没听说过。

但是那又如何。上车了，就走吧。

只是也没想到，这一骑，就是 30 多里。

好在我们并不急。沿途是初冬的南方田野。仍有挺直的苞米秆子在太阳底下泛着绿光，风吹过的地方，呼啦啦响成一片。除此之外，一切都是浩渺而寂静的。很难得看到一个挑竹筐的农人，头戴斗笠，肩上的扁担悠啊悠的，缓缓从田埂上的阳光地里走过去；还有一头白花斑点的牛，静立在那里晒太阳，连反刍的声音都小心翼翼的。

一条黄狗从远处踹旎而来，极瘦且长。本还昂首挺胸的样子，一旦发现我俩目不转睛地看着它，突然就慌了，低低把头埋在两腿前，眼睛小心地望着路面往前，其间还忍不住偷偷瞥我们一眼，最后在不得不经过我们时，竟显出一脸一身的羞怯来。

也许在大理，狗儿们早已习惯了大摇大摆招摇过市吧，从来没有人这样专注地盯着它。倒是这两个外乡人大大咧咧的注视，让这只脏兮兮的大理狗，在倏忽之间有了少年般的青涩与仓皇。

六

我们就是这样走走停停。会随便在什么地方停下，席地而坐闲聊半天；或者干脆什么都不说，各自看着阳光下远的近的村庄与田野，想点什么或完全放空。没人急着要走。

对于挣扎在生活里的人，突然可以不赶时间、没有目标，可以不担心说什么是对的做什么是错、也不考虑下一秒钟生活会变成怎样——这是幸福。

七

所以，在骑了整整 6 小时，终于到达喜洲白族民居时，人家当然早已经关门下班。天色渐暗，撒了一天欢儿的阳光终于恋恋不舍，收山归营，只把一壁淡白的圆月挂在天边。陌生的小镇又空又静，行走在弯而陈旧的街道上，好像正在穿越时光隧道，一切不曾过去，一切都是前生。

俩人嬉笑了一阵，决定不能再骑车了。穿街过巷寻了一圈，终于找到一辆愿意连人带车把我们运回古城的三轮车，车斗带篷布的那种。谈妥了 40 块钱，司机三下五除二就把两辆自行车捆绑在三轮车身上，拉着我们嘣嘣嘣地上路了。

来时是在阳光下，边走边歇，除了体力累，看着路两边的风景，倒也没有觉着有多么遥远。而此刻已是华灯初上，夜的凉意真实袭来，让我们明白，原来这里的初冬也会冷，原来我们竟然走了那么远。

突然，调子碰碰我，从呼呼扇风的车窗边指给我看。已然全黑的天上正赫然悬着一轮月亮。它是那么硕大无朋，几乎伸手就能碰到。它又是那么圆润明亮，让人无法直视。圆月的周遭，萦绕着一圈光环，毛茸茸的。这让它看起来既皎洁又朦胧，既清冷又温暖。

是这个月的十五了呀。

傲人的月光下，两个异乡人仍在风尘仆仆地赶着路。

叶子、酒吧与日本人的非洲鼓

一

调子说："我把你的游记都收藏了。你记性可真好，我咋啥都记不得了"。

她说得不完全对。记忆这种东西，往往与投入度相关。一件事物，你看得越透、记得越真，越是能孜孜不倦回忆、头头是道评论，恰恰说明你也许并没有把自己投身其中，让自己与它融为一体。你总是淡漠而理智地抽身而出，用冷冷的审视的眼光去研究它分析它，甚至苛责它指摘它。就像坐在行走的缆车上看风景，无论那美景如何被你赞叹，让你恋恋不舍，你都不会当即纵身跳下，成为它的一分子。因为你对它的美好，就只存在于浅尝辄止的观赏。所谓路过风景，路过了，风景也就不在了。

而调子不同。她是那样一种女人，无论走过哪里，她不但会被那个地方打上烙印，而且会在那里刻上她的痕迹。对于大理这种极具蛊惑力的地方，于我，可能会瞬间迷情、暂时冲动，但却很快就能幡然醒来、安心回忆，最终甚至完全忘却。但对调子，那却是一次触及灵魂的勾引，是一份深入骨髓的相遇与守护。一座城和一个人的缘分，对有些人，是万花丛中过，片叶不沾身；对有些人，却是问世间情为何物，直教人生死相许。

二

调子在我们到达大理的第二天就已经"名扬"古城了，这让她很是愤懑，但我却从没听她否认或辩解过。她永远都是那副做派：做了就是做了，败了就败了。挺着胸脯认输，收拾残局再来。就是传说中行走江湖的女侠。

那一天，让调子名声大噪的东西，是叶子。

叶子，即大麻。就在我们骑行 30 多里，终于吃上一口热乎饭，五魄找回三魂的时候，饭店老板，一个叫猫猫的姑娘突然取出两根白色烟卷，递给我们："来，大麻，尝一口吧！"

我们当然被当场惊住了。在大理，大麻居然会登堂入室到这种程度，这让以为自己见多识广的两个女人很是诧异。然而，在场的所有人都一副啥都没听到的云淡风轻的样子。甚至猫猫的妈妈，那个 50 多岁，一直在厨房里忙活，看起来特别温良的阿姨，这时也笑眯眯走过来："没见过吧。尝一口，没事的。"

于是，我和调子，就一人，尝了一口。

因为本来就不大会抽烟，更重要的是内心里对于"大麻"二字的畏惧，我的一口，其实是"呷"，连口腔都没怎么进去就吐出来了。那是一种我从未尝过的味道，比普通香烟多了些枯草香，像荒野燃烧时飘散出来的烟尘，又像深秋时节街边焚烧树叶的味道。除此之外，它并无特别，不刺激不呛人，更没有传说中那种醺醺然让人沉醉甚至飘忽的感觉。

我却不知道，在场的所有人都在看我俩的反应，就像黑社会刚入门的新人，需要通过一定的考核，才能被认定适合什么、属于什么，上道儿还是不在路数——很显然，在那个晚上，调子扎扎实实上了道儿。

状况是在我毫无知觉的时候发生的。当时我正在跟饭店偶遇的一位青岛小男生聊着他乡遇故知，火炉边的调子突然回到桌边，把整个儿脑袋全都埋在了桌面上。青岛男生立刻放弃了跟我说话，转头一脸坏笑地看着她。我仍懵懂着，以为调子只是累了困了，或是刚刚喝了点儿小酒晕了，伸手就去摇晃她，却很快被制止了，别动别动，她那口吸进去了；她开始飞了。

飞，当地人对于抽了大麻后各种状态的统称。据说，有的人飞，会哭哭闹闹；有的人飞，是浑身发软；有的人飞，就想睡觉；有的人"好像想起全世界最开心的事"，就只是一味地笑。猫猫妈妈说，她到大理一年总共吸过 4 次大麻，每次都能飞，"脑子里就像过电影一样，很多年前的事情全都能想起来。一幕一幕从脑子里飞过去，感觉很累"。

调子后来告诉我，她的感觉刚开始是特别开心特别想笑、怕人笑话，就使劲趴在桌子上强忍。谁知趴着趴着，又变得特别伤心、特别想哭。于是我的理解是，人在"飞"的时候，其实是有理智的，至少调子能努力克制自己的哭笑，即便这种克制很辛苦，以至她终于抬起头来时，瘦瘦的小脸儿满面通红，两只眼睛也是春水盈盈秋波荡漾了。

我想，我大概一辈子也不知道那究竟是一种什么感觉了。一口之后，两只剩下的大麻又还给了猫猫。从那天起，我再没有吸过一口大麻，实在是因为没啥意思一虽然人们再三强调，大麻其实是用来入药的，少量吸食甚至是可以养身的（广州人有时候煲汤也用）；调子虽然一直说想要再尝尝，试试还会不会出糗，却也并非上瘾一有些人对未知好奇，喜欢新鲜刺激，哪怕受挫吃苦；有些人却懒惰，能不变化的就死守，不愿受伤，也很难投入。这大概就是调子和我最大的区别，也是大理之所以给我和她留下不同印记的原因。

三

在大理，有很多约定俗成的词语和行为。比如抽大麻有感觉，叫"飞"；到处闲逛，叫作"晃"；晒太阳，叫作"烤太阳"。

古城里，本地人很少见。人们通常把自己的两层居室出租给全国各地来的人，自己则住到更加现代时尚的大理新城去。而承租这些房子的人，各行各业，到了这里，就都变成了酒吧、服装店、客栈或工艺品店的老板。一楼是店铺，晚上门一关腿一抬，二楼就是他们的居所。

在旺季，他们会忙上一阵子，赚出房租和吃穿用度。到了淡季，虽然没什么生意了，他们却仍保持着每晚熬到三四点，早上睡到三竿起的生活习惯。优哉游哉吃过午饭，一天里最重要的事情就剩坐在店门前喝茶烤太阳。大理充足而黏人的太阳，即便是入冬后的 11 月，也往往要到下午六七点钟才依依不舍躲回山里去。到那时候，全身骨头都要晒酥了的老板们才各自收拾心情，懒洋洋返回店中，开始一天的工作。

因为如此，古城里几乎所有的商铺，无论酒吧、服装店还是饰品店，门前都固定摆着桌椅板凳、沙发藤椅还有太阳伞。那是给客人准备的，也是主人家自己用的。路过的游人可以随便拣一家门前坐下，歇歇脚再走。没准走到哪家门口听到音乐好，就又停下了. 店主人呢，心情好了就跟你聊两句，心情不好，干脆眯着眼睛烤自己的太阳，生意什么的，爱谁谁。

在游客稀少的季节，大理古城里的商铺主人，与从各地到这里游荡闲住的客人，就组成了一个奇特而庞大的家庭。人们相互都认识，或者至少脸儿熟。每个店的每个人的每个举动，都会被全古城关注。按"五十碗小酒吧"的掌柜老刘所说："我现在如果跟一个小姑娘在人民路上走一趟，不出明天中午，全大理人都会知道老刘新泡了个小姑娘，这会儿正轧马路呢。"

"大理城里没有秘密。"老刘说。典型四川人的圆脸上，一脸典型四川人的狡黠模样。

于是，在没有秘密的大理古城，我们才到的第三天，就被邀请去一个酒吧参加 party——酒吧的名字可以不知道，你们听到有鼓声的地方，就是了。

四

大理古城里酒吧很多。面积通常很小，房租也便宜得惊人，各种 party 却层出不穷。开业时搞，是为了通知"街坊邻里"又来新人了，大家认识认识，也算是拜山门，将来有事好照应；旺季时搞，是为了聚拢人气。客人多到吧台里都塞满了人，乐队和观众几乎是脸贴着脸地对着吼。

淡季的 party 就比较悠闲了。虽然也有提升惨淡营业额的目的，但更多是为了张罗这些在古城混着，目前赋闲的人们聚一聚。所以商户们通常很积极，好几天前就奔走相告，还在自己店里贴上设计和印刷都很简单的小广告。遇到我们这样的游客，也要积极游说，一同前往。消费呢，虽然主人家不强求，但客人大多会捧场——反正都是开店，你家请客我家赏光，改天我家做东，你也一定会给面子。

此番搞 party 那家酒吧在博爱路上。其实巴掌大的地方，根本就用不着记路名和酒吧名，从住处出门，三转两转就能看到一家聚集很多人的店铺，有鼓声从里面传出。嗯，就是这里了。

酒吧名字很好听：紫弈云天。虽然，老板是个老外，可能连他自己都不知道，这名字究竟是什么意思。据说前一个承租人是个中国女人，老外再从她手里租下来，一年期限，不为挣钱，就图开心。在大理，满是这样的中国人和外国人。

与大理大多数房屋一样，紫弈云天依例是两层，一楼吧台前已经挤满了人，吧台正对面的一堵墙上，有人正在挥毫泼墨一那是整整一墙色彩浓烈的线条，虽然看不出画的究竟是什么，但所有颜色和线条组合起来的，还真挺好看的。画画的男人，瘦长个儿，微微驼背，长长的头发上顶着圆的黑色毛线帽，一撮细长的胡须飘忽忽垂到胸前，弯眉小眼挺和善的样子，对所有他发现在看他的人微笑，然后继续作画。

一上二楼，便有浓重的"叶子"味道扑面而来。屋子里处处闪着或明或暗的灯光，只有最靠里的角落最为昏暗，搁着一张几乎占去屋子四分之一的地毯，上面坐着四五个男人。全是白种人，全都半倚半躺，眼神迷离。

我很快将眼光从他们身上收回。那样的氤氲昏暗、悱恻混沌、暧昧沉郁，我不喜欢。

几乎全大理的商户主和常住者们都来了，整个二楼已经挤满了人。很多人没有座位，就干脆席地而坐。"五十碗小酒吧"的老刘招呼着我们去他的座位上坐下，喜眉笑眼地说自己晚上10点就关了店门来这里了。他身边坐着的是"五十碗"对面馄饨店的老板英子姑娘，另外两位是和我们一样的游人，据说已经是第三次来大理，每次来，一住就是两三个月。

"紫弈云天"的吧台小妹不怕冷地穿着白色露肩帽衫和黑色超短裙，却又不怕热地始终戴着一顶厚厚的白色绒线贝雷帽，长长的黑头发从耳朵两边垂下来，很媚人、很青春。她楼上楼下地招呼客人、端茶送酒，却并不见她记账或者向离去的人要钱。我问老刘，难道就不怕有人跑单？老刘看着我愣了半天，好像我问了个根本不存在的问题。然后说，不会呀，都认识的，怎么会呢？

今晚的演出，是一群日本人的非洲鼓表演，原来在一楼画画的男人也是这个乐队的成员。这支乐队据说已经在大理好几年了，主要工作就是到各个酒吧演出，偶尔也会去昆明、丽江之类的城市。酒吧所有有空的地方，几乎都放着他们的鼓，大的、小的、高的、矮的，十来个。有独奏，有合奏。有人从这个鼓敲着敲着就走到另外一面鼓前继续鼓点，也有人直接从观众席上听着听着就径直走到一架鼓面前开始演奏。演过了三四个曲目之后，我才大致搞清楚究竟谁是演奏者谁是观众。每一个观众，都可以走上前去两下鼓面，只要他认为自己足够跟得上鼓手们的节奏。

调子一直在录像，一会儿又去跟乐手学习吹奏口弦。我的注意力始终没离开台上那两个留着"脏辫"，敲鼓敲到浑然忘我的鼓手。记忆中黑人街头表演的非洲鼓与如此近距离的欣赏，真是大相径庭。所有鼓手的倾情投入与现场观众的欢腾雀跃，以及"紫弈云天"那个老外老板从始至终随鼓点忘情舞蹈的天真模样……这个充满了异国肤色、异域音乐，充斥着现代人装束与思维、因各种酒类混合而洋溢着浓烈都市气息的地方，它可能是在深圳的街头，也可能是在北京的后海，它怎么看也不该是在大理，在这个原本应该安静祥和的云南小城。

是有些畸形吧，在我看来。当喧嚣过后，大门推开，屋外其实是狭窄的道路、不甚发达的街区、古旧的房屋。是什么造就了这样奇怪的大理？很多人声称是为了远离都市的喧嚣、嘈杂与污染，不远千里来到这里。但却又关起门来，在昏暗的小屋里，乐此不疲地制造着与都市里相差无几的喧嚣、嘈杂与污染。

大理，究竟是安宁的港湾，还是浮躁的天堂？

五

离开大理的前两天，我们参加了一次远足活动，其中很重要的内容是采摘"叶子"大理城里很多商户明目张胆卖"叶子"，无论饭店还是酒吧，只要勤快些的小老板，都可以从山上摘下"叶子"，经过挑拣和阴干等简单程序，就可以做成小塑料包出售。以"叶子"的成色不同，价格从每包五块钱到五百块钱不等，跨度很大。古城里各个国家的人对待"叶子"的态度也大有不同，日本人从来不花钱买"叶子"，只用自己上山采的；欧洲人最喜欢在逛酒吧的时候开口问店主有"叶子"没有？

　　古城依苍山而建，据说山上的"叶子"都已经被采完了，想要找到数量更多、质量更好的"叶子"，必须要到更远的山上或岛上去。我一如既往地对那样的采摘活动没什么兴趣，只一门心思举着相机拍照；调子则一如既往地入乡随俗，采了不少据说质量很不错的"叶子"。其中的一支被她宝贝一样带回了广州，说是要在阳台上试着种一种。

　　临走前一晚，调子收到那个青岛男生的短信："我告诉刚来大理的青岛朋友，你抽了一口就'飞'了。她比你强点儿，四口以后才'飞'，哈哈！"这就是我和调子的不同吧。无论去任何地方，离开时我都巴不得什么也不记得，什么也没留下。来就来了，走便走吧，干干脆脆，决不拖泥带水。她却每到一处都会放开自己、全情投入，并因此而被人惦记和思念。江湖上早就没有她，江湖上却仍有她的传说。

　　做一个彻底的过客，还是留下无尽的纠葛，这大概都不由我们自己选择。就像大理，在它还是个西南小镇的时候，它并不知道过往的人群和口口相传会把它变成什么样子，它却已经变成了现在这样奇奇怪怪的模样。一个人和一座城市的命运，往往都由不得自己做主。

　　刚才，调子在 QQ 上跟我眉飞色舞：女人，我种在阳台上的大麻长势好得不得了，密密麻麻长出好多芽儿来……

为了纪念的忘却

一

我和调子的云南之行，因为大理，很不理智地一拖再拖，最终放弃了原先还要前往丽江、西双版纳、玉龙雪山等计划。甚至在已经定好了从昆明到成都的车票之后，又退了车票，就是为了能继续在大理晃两天马路、睡两天自然醒、烤两天太阳。

最终离开的那天，有同事的朋友经过对我的再三咨询，也到达了大理。我还托付了在大理闲居的老林帮她订房间，并且希望他也能像带着我和调子满大理城晃晃那样，带着同事的朋友到处地晃晃。

可是，后来同事告诉我，那姑娘只在大理待了一天，就直接去丽江了。因为大理，"就那么回事"。

二

所以，我要怎么评价大理？我越是多待一天，就越喜欢它的慵倦懒散、晃晃悠悠；越痴迷它的木格窗与石头路；越眷恋它黏稠到蜜一样甜腻的阳光……但也越清晰地知道，自己并不认可那里大多数人的生活状态。一方面羡慕着他们的闲散自在、特立独行，另一方面又绝望地明白自己始终不可能成为他们。对于大理城，我终究是个游客，是个无论待多久，都必将离开的"外人"。

而事实上，又有谁真的属于大理呢？有人去那里为了挣钱，有人到那里为了散心，有人寻找恋情，有人去搞艺术……对于每一个进入到它身体里的人们，它都一如既往平静地对待、淡然地接纳。它看着他们飞着、跑着、张扬着、落拓着。商铺的主人今天是你了，明天又是他了；女朋友今天跟你牵着手了，明天又走在他身边了。好像云南温润的风，人们飞快地聚着散着，来了又走。有人或许相互记得，大多数人转身便成陌路；有人走了可能还会再来，大多数人就此别过，江湖再见。

大理城却还在那里，以六百多年的韶华，鉴证着过往，汲取着风情。人类总在标榜着自己的无所不能，却不知道一座由他们建设起来的城市，反倒有着比他们更漫长的生命力和耐受力。许多辈、许多代的人们轰轰烈烈而来，张牙舞爪而去，总以为自己在创造什么、建立什么、探求什么、思索什么，却不知道对于静默的伫立在那里的城市来说，我们不过是一群苍茫大地上无序忙碌的过客，好像大理城上空永远飘浮的白云，辛辛苦苦摆出各种姿势，繁华过后，不过一场风吹云散。

选择一种生活，其实就是放弃另外一种。大理城的很多客居者们，以种种借口来到这里，终其究竟，都是为了逃离。逃离既往的生活，逃离沉重的责任，逃离无奈胶着，逃离苍白无聊……而我和调子之所以前往大理，并一而地再拖延行程，与其说是兴之所至，不如说是想要尽可能长时间地躲在那天不管地不管的阳光地儿里，对自己继续撒个娇、继续偷个懒。

三

我所能庆幸的是，在不断颠簸前行的路途上，可以遇到这样一个地方。它是那么宁静、那么安然，又是那么丰富、那么妖娆。它拥有着世界上最美的云彩和最甜蜜的阳光，它在我的心灵最为张皇失措和无以为继的时候，获得了最美好的问候和最温暖的安抚。

所以，我要结束这长篇累牍的记述了。漫长的回忆，让我感觉自己还在那阳光像蜜一样温软甘甜的城市里游荡，而所有记录也都是为了彻底遗忘。这一生还那么长，没有人可以永远沉溺于仓皇的寻找、无奈的神伤。大理让我安静，也让我清醒。它告诉我，现在，我该忘记它了。

因为，我得继续去过我平凡、世俗、真实、勇敢的生活了。

第四部分　四月初走

4月出走

2013年4月，我作为一家青岛媒体的代表，应邀到西双版纳参加一个茶山行活动。

4月好像注定是悲伤的。出发之前，我所在的杂志社刚刚做完一个关于"纪念"的专题。除了每年都会有的张国荣、非典……那一年，英国铁娘子撒切尔夫人也是在4月离世。青岛的初春在这各种纪念的氛围里显出加倍的阴冷。

所以，一接到活动邀请，我就迫不及待地上了路，去往那块我心目中的阳光之地——云南。即便活动组织方的小庄姑娘再三提醒我：这次不是旅游，要住帐篷走山路，会很艰苦；上山之后手机就会全无信号；要去的茶山，与老挝相邻……

后来，我住进了西双版纳金大地大酒店，窗外灯火通明的地方，就是版纳河。老远就有声音传过来，半夜还有人在没完没了地K歌。这里的人们，昼伏夜出，嗓门很大，语调很高。总感觉像是越南人在说话。一问，果然离得不远。

心绪突然就在这好似异域的嘈杂里平静下来了。我是那么迫切地想要逃离正在度过的4月。我要拂过脸的风是温热的清凉；要看过来的眼是笑意弯弯；要抬头看春花开，虽有花瓣雨一味飘下，树冠的花影却如晚霞般浓烈绚烂；要在雨后初晴时走过小径，看那长了一只蓝眼睛一只绿眼睛的大白流浪猫在太阳下伸展它的懒……

允我出走，在这漫长的4月。我要去远远的远方，寻一寻那久违了的暖。

出发与归来

4月，青岛还在萧瑟的晚冬。我到西双版纳喝茶。

青岛到昆明的飞机，降落时像玩过山车。整整5分钟，各种上下腾挪。机舱里充斥着男男女女们压抑或不想压抑的惊呼声，演电影似的。

我前排靠右手的男人，一路上都在叽叽呱呱说话。与自己的女伴打情骂俏，不停找空姐问这问那。此刻惊悚的表达当然更不能被他放过，拧着身子耸着肩，也搞不清他是真害怕还是假镇定，反正总得要发出些声响来才甘心。

浓眉大眼和鼓噪多话的男人总是让我避之不及，他居然全占了。我拼命忍着晕机带来的恶心，闭起眼睛和耳朵。好在很快便到了。

上一次到昆明还是5年前，今天的昆明仍然如前次那般眷顾于我。4月的阳光始终明媚，站在中转大厅里看外面起起落落的飞机，就好像对着巨大的宽银幕看默片。你知道外面是在轰隆隆地响，周遭的静谧却轻柔地拢着你，绝不轻易打扰。

城市与人，竟也有气息相投。无论有多远，无论离开多久，只要相见，便都是重逢。

折腾了几乎一个对时，终于到达了此行的目的地西双版纳。晚上7点多，天色还透着亮。热，气压低到发闷，我却被这久违的闷热弄得有些惊喜—青岛的冬天，感觉上已经纠缠了有半年之久。坐上了接机的越野车，我默默算计着，然后想起来……手机座充落在昆明机场的充电插座上了。

倒也好。这么多年来，我习惯了独自出行，也习惯了到任何一个地方都必定要丢一样东西。去凤凰，丢了副耳环，在青海湖丢了顶棒球帽。那年去川藏，小心翼翼怕丢东西，回来后左想右想觉得不对劲。后来终于记起，把一副鞋垫落在青年旅社的暖气片上了。

有位老兄一直很纳闷："为啥你这种完全没有方向感又总是丢三落四的家伙，却总喜欢一个人出门，竟还没把自己弄丢？"仔细想想，应该是那些杂七杂八的东西帮我去完成被丢掉的任务了吧。我就如此迷迷糊糊，一路走，一路丢，还好总能找到回家的路。

去往茶山的路上，领队浩东讲了个故事。他说当年严绍云师傅是玩摇滚的，恃才放旷，带着一支乐队到处"踢馆"走一路踢一路，所向披靡。直到遇见吕师傅的乐队，"结果就没踢下来"现在，吕师傅追随严师傅做茶，专门在西双版纳茶山的茶叶初制所给来客做饭。

吕师傅白白胖胖像尊佛，怎么也想象不出他曾经的乐手模样。篝火晚会上，他为大家打非洲鼓。烛光雅集时，他吹箫给大家听。十多年前与严师傅"不打不相识"的时候，他们大概谁也没想到，两个人会一起走到今天这样的境地。

而我坐在靠窗位置听这个故事的时候，脑海里浮现的是八个字：年少轻狂，幸福时光。

整整四天的茶山行，我的手机全程信号全无，却正好成全了我的安静，让我得以心无旁骛地去看、去听、去感受。人们之所以选择远行，大概都是想要忘却现世的烦恼，以短暂的逃离换取更长久的坚守吧？而这么多年出行的经验告诉我，去往哪里从来都不是最重要的，与谁同行、谁在那里，才是决定旅行质量的首要因素。也许正是因为这样，我才更愿意独行。不用迁就，也没有分歧，说走就走，想停就停。如此，才是我所以为的最美好的旅行。

回程时，车队路过一个大峡谷时稍作休息。一群男人在路边喊着号子，抬起一块又一块地扔进河里，目的就是想看看那河到底有多深。我在车上摇头，几个人加起来，得有300岁了吧？

可就是要这么二，就是要这么看来简单甚至幼稚的快乐，才是我们要行走的原因吧？人们总是依着相同的味道，寻找到彼此。这群因茶结缘的人，其中大多数人都已不再年轻，甚至生性本就无法"轻狂"但是，总有一些空气、阳光以及看不到捉不住的因缘，让这些之前不相识，之后大概也很难再见面的人，以这样一种方式，聚在一起，玩在一起，笑在一起，快乐在一起。

所以，无论年少与否，能轻狂时就轻狂吧，轻狂过后，我们才能安安心心地回去，过我们踏踏实实的生活。

易武茶人

茶山行，第一天。

易武位于西双版纳州勐腊县西北的山顶上。作为一座年代久远的古镇，这里的产茶历史也非常悠久。年平均温度 17.7 摄氏度左右，终年高山云雾笼罩，是大叶种普洱茶理想的生长地。

西双版纳有六大茶山之说。以澜沧江为界，江内六大茶山为革登、倚邦、莽枝、蛮砖、漫撒、攸乐；江外六大茶山为南糯、南峤、勐宋、景迈、布朗、巴达。早在清朝雍正年间，西双版纳每年清明节以前的茶叶就都必须完成进贡任务后才能上市交易。江内茶山中的漫撒，就位于易武。易武古镇平均海拔 1400 米。上山的路不疾不徐，满眼是翠的叶，红的花。一点点小闷热。

易武乡的"中国普洱茶古六大茶山茶文化博物馆"是我见过最袖珍也最原始的博物馆。负责人是个个子不高，普通话不好，但讲解起来一丝不苟的当地男人。我们去的时候，他打开博物馆门锁，一块碑、一条案、一本书、一片纸，不紧不慢地讲。临别时收到领队给的劳务费，他脸上竟有些一闪即逝的羞赧。

博物馆的地上摆了些刻着"永远遵守"的石碑。人们把希冀刻在石头上，以为就可以永恒，却不知道，所谓仁义礼智信，能遵守的，不用说不用念，需要镌刻在大石头上谆谆叮嘱的，恰是那些最易违背的。

进到一个名为"麻黑寨"的小村子。进村的路高低起伏，各种花色的苟活者在路上慢悠悠溜达，或者懒洋洋在自家门口晒太阳；也有红冠花毛的高公鸡雄赳赳四处逡巡，看着自己的母鸡和孩子张皇失措在眼前跑来跑去。却极少看到人。据说西双版纳的人们对于高温的应对方法就是大白天不出门，全部猫在家里喝茶休息。我们这群外人在寨子里从东窜到西，甚至进到一个茶农家里外转了好几圈，竟也没个人出来看看问问。

除了鸡狗，到处都是猪，灰色的皮毛亮可鉴人。各自在圈里睡着午觉，同样对我们不理不睬。倒是有只猴子，被拴了脖子，蹲坐阳光下若有所思地看在它面前叽叽喳喳的人类。有吃食扔过去，它会身手敏捷地接住，然后从容淡定地吃。遇到有人逗它，并不真恼。再惹急了，也不过龇牙咧嘴吓唬吓唬人，翻个跟头，复又端坐在那里，继续一脸若有所思地看它面前叽叽喳喳的人类……

人们围着猴子玩得高兴，却不知到底是人在逗猴，还是猴在逗人。

唯一看到人烟的一户人家，正有两个男人在包装茶饼。光脚男人麻利地将一坨坨茶叶封好，从头至尾脸色清淡，并不理睬旁边七嘴八舌讨论的外人。这是茶叶的王国，对于我们来说，茶是好奇、新鲜以及神秘，对他们来说，却只是寻常、伙伴或者生计。

这一天的行程，是以古老的茶马古道为起始，以丁家寨的茶叶初制所为终点。"初制所"意即"茶叶从茶树上采下后的最初处理点"。设在丁家寨的这家初制所，翠山环绕，蓝天下黄色的小平房看起来特别明亮。在闷热里行走了大半天的人们，终于可以安坐于草棚之下，平心静气喝杯茶。

茶至半酣，耳边竟有了徐徐风声。头顶的茅草和不远处的绿树丛一齐飒飒交响，与那喝进去的茶水浑然融合，通透于全身。始终被热气浮躁在半空的魂灵，此刻也渐次安详下来，连同这一具具躯壳一起，静静坐在尘世间。

其实，在这一天的茶山跋涉里，还有另一顿茶，让我印象极深的茶。那是行程至半时，人们气喘吁吁攀上一个小山腰，赫然发现在那株高大苍老的榕树下，有一张茶桌、一只茶炉、几排粗制大茶碗。还有一位戴眼镜的女子，微笑徐徐，软语相迎，将一只只茶碗斟满，张罗匆匆行走的大家止步、喝茶。

那山腰上的一碗茶，让尚在力竭与燥热中纠结的行者，瞬间于这奇境中卸去了所有重枷，以一碗茶、一声笑、一次陌生的结伴同行……与这乱糟糟、乌泱泱的天地人间握手言和。

茶山路迢迢

茶山行，第二天。

出发前，茶园工作人员在不同时间以不同方式、不同语言风格，向我们再三提醒今天行程的艰巨：3小时上山，3小时下山。"需要较强体力""会很辛苦，也会有很难走的山路""请充分评估自身身体状况，谨慎参加"……

一行十几人，就在这样唠唠叨叨的叮嘱下，奔向了丁家寨古茶园。

往茶山的路程，20公里。而我们山高水远赶来观赏的二十多棵茶树，每年的茶叶产量不过几百斤。于是这几个小时的跋涉也就显出它的弥足珍贵来。很难想象，采茶工人是怎样日复一日地往返于这样的山路上，又是怎样攀上高高的茶树，一片叶一片叶地把它们采摘下来，再一两一两、一斤一斤地，把它们运出来。

而事实上，我们走的这条路还不算是最远最难的。更远的茶园需要工人们徒步十几个小时走进去，在里面工作一天，再徒步十几个小时走出来。一来一去，3天时间所得不过二三十斤茶叶。每一年，为了这几百斤鲜茶，采茶人要往返这片森林上百次。

当世之下，号称爱茶者众，却很少有人真的知道，这些茶是走了一条怎样奔波艰难的路，才来到我们的桌上碗中。这一天天的日子里，我们都太着急了。急着说话和赶路，急着相识和忘记，急着攫取和放弃，急着向世人宣告，我们拥有了怎样的美好……而真正的美好，却从来都不是轻易可以得到。它是深山里的茶，茕茕孑立，孤芳自赏。只有最坚韧的行者与最沉静的心灵，才能将其收入怀中，一亲芳泽。

带队小伙儿名叫浩东。个子不高，脑袋光光，眉毛很浓。一路上多亏他前拉后推，总算是把这群来自天南海北、不怎么听话却又花样百出的"茶友"弄上了山。而我那美丽的室友小钟姑娘，穿超短裙、黑丝袜，娇娇俏俏就跟众人上了山。20多公里山路，从头到尾走在队伍的最前头，脸不带红气不带喘。重庆妹子啊，那叫天赋。

至于我等常人，登山不过"坚持"二字。越是走得慢的人，越要让自己尽量走在前面。否则前头渐行渐远的背影是会让你绝望的。而且只有走在前头，才有机会坐下来休息，等候后来者。而落后的人，永远都得走，永远都在赶。好不容易听到前头有同伴的声音，看到那些红红绿绿的身影了，人家却立马起身继续走了。越是落后，就越是没有休息的机会，永远都得走，永远都在赶。

好比人生。一步差，步步差。聊以安慰的是，登山是一条不能不继续的路，人生却不同，想停下就停下来呗。毕竟，并不是处处都有百年古茶树等着你去看，坐在哪里，不都是风景呢？

这一天里，总共喝了三碗茶。

第一碗。终于踏上山顶时，茶园工人递上来的竹筒茶。这真是让我感激涕零的一盏茶啊。对于疲惫不堪的行路人，那简直就是清风是甘露，是长途跋涉后抚上额头的一个吻，是深不可测的山野里，一抹懂得的笑。

第二碗。回到驻地后，豆子师父摆在门口的"洗尘茶"人们跌跌撞撞下了车，那一大碗一大碗的热茶啊，一喝一个不吭声。额头上奔波的汗水还未晾干，背后渗出的汗水又打湿了衣衫。

第三碗。晚饭过后的"解乏茶"夜色笼罩群山的晚上，小小的吊脚楼里，屋外虫声啾啾，树影婆娑；人们安静坐着，只有咕嘟嘟的煮水声，合着氤氲水汽，悠然茶香，飘在渐渐凉下去的春夜里。

喝茶时，人们聊到白天的行程，说起山上密密匝匝的橡胶林、枯死的树桩漫山遍野，被剥去树皮的大树横陈一地、一片片焦黑的山地触目惊心（因为一棵一棵地砍实在太慢，而运树下山又费力费钱，所以人们"聪明"地想到了大火烧山的方式）……作为全国除海南之外的另一个重要橡胶产地，西双版纳的原始森林正在遭受着我们这些外人所不能想象的残害和剥蚀。

豆子师父坐在初制所的小院里，面对院外的群山说："刚到这里的时候，山上还全都是树，浓密高大、碧叶连天，连树藤都有这么粗……"他用手比画着个大大的圈，"全砍了，烧了，就是为了种橡胶树……"一位当地司机师傅说："你们都以为西双版纳的支柱产业是旅游业吧？其实真不是。各家各户都靠着种被剥去树皮的大橡胶树发了财，住上了小别墅。村民们都开着小轿车上山割胶……"

人类的短视和急功近利一步步逼近和蚕食着西双版纳古老的森林。那些山路上随处可见的枯木和一片又一片光秃秃的树桩，似乎都在向我们预示：过不多久，再来这里，可能连这样的场景，也都只能是留在照片上的过去……

采茶去

茶山行，第三天。

倚邦，位于西双版纳州勐腊县最北部，茶山面积约360平方公里。明代初期就已茶园成片。我们今天的目的地，是倚邦茶山的中心大镇—倚邦街。在明代时，这里又叫"磨腊倚邦"，傣语意为"有茶树有水井的地方"。

一行人摇摇晃晃说说唱唱就到了倚邦镇，时值正午，焦热的太阳已把众人晒得五迷三道，前方忽然闪现草棚一座。其间稳坐白衣蓝裙女子一名，低眉顺目的，并不多眼，只专心盯着眼前一排正在陶罐里沸腾的茶水。

草棚边有棵硕大无朋的树，正好也是在倚邦大街的路口，好像一尊守护神，恪守着这个虽然小，却充满故事的街道和镇子。人们在树下的草铺团上稳稳坐下，喝白衣女子煮好的茶水。大树的绿荫不偏不倚全部罩在头上，只把星星点点的阳光轻轻洒下，落在人们身上，也落在盈盈闪闪的茶碗里。

有风从树梢及草棚上飞过，飒飒直响。然而世界又是出奇安静的，静到我能清楚地听到自己的心跳声和呼吸声，听到远处不知道什么地方，那世世代代的人们喧哗着穿过历史的尘烟，一路呼啸而过。

营地被选在倚邦镇街道那一头的空地上。人们扎好帐篷，欢天喜地吃了顿风味独特的竹筒餐，便坐在草棚里喝茶，心心念念的却是下午的采茶活动。

谁也没想到，就在这个时候，雨却来了。

风不知是什么时候起的，初坐时还阳光明媚的天空，瞬间就变了颜色，淅淅沥沥的小雨星随之飘洒下来。因为几天来已经习惯了西双版纳的风一阵雨一阵，所以人们并没有太当回事，仍只是低头喝茶。不料五盅茶左右，那风却突然急剧起来，草棚里嗖嗖有草叶与灰尘穿梭而过，好像与孙悟空争斗的黄风怪路过此处，又立刻席卷而去，怒气冲冲。

天空顷刻间变成墨盒打翻在宣纸上，苍穹暗哑，万物翻滚。大片乌云如千军万马，用急行军的速度滚滚而来。瞬息之间，疾风夹着豆大的雨点，以倾盆之势噼里啪啦地砸将下来。草棚周边的红土地顷刻间就被打湿，闪现出片片艳丽的颜色来。

大雨来得如此急。整整大半天被骄阳和灰尘包裹的身体及灵魂，就着这雨，和刚刚喝下去的茶水浑然融合，浸透全身。身体虽未淋雨，一切却好像是泡在了温池里，湿湿的、滑滑的。再也没有局促，没有张皇，没有刺人的棱角和无望的纠结。世界是个球，圆润、通达、天地一体。

茶本一味，至善至简，人多技巧，而成万类。从种茶、采茶，到做茶、品茶……所有环节都在告诉我们：也许可以想法少一些，思虑少一些，欲求少一些，才能平静多一些，快乐多一些，收获多一些。一场暴雨好似在述说：万物皆承无为守中之法，由此可知人法地，地法天，天法道，道法自然之理。

还不等人们回过神来，这场突如其来的大雨，还不到十分钟，就无比诡异地停了。好吧，那就采茶去。

雨一过，天就晴。可是山路上的红泥却全都变成了胶泥，必得高抬腿、轻落脚，才能勉强前行。虽然说露水和下雨之后不宜采茶，但这岂能阻挡兴致勃勃的采茶人。大家一边趔趔趄趄着努力往上爬，一边还要听茶农们讲解知识。哪些是可以用的嫩茶，哪些是不能采的"黄片"，怎样的采茶动作正确，怎么做会伤害茶树……新绿的茶叶在树枝上散发着雨后的清香，静静看着这些惊喜到疯癫的人类。

采茶是个体力活。那斜到超过30度的山坡，那一次次地抬头、伸手、辨认、采摘……不过半刻钟工夫就开始腰酸脖子疼了，脚底下被泥泞纠绊得也沉重起来。好在带着我的茶人据说是当地茶厂最有经验的蔡队长，他一路连拉带拽，还不忘随时告诉我哪些是合格的茶叶，哪些现在还不能采摘。一个人说起自己傍身之物时的自豪感溢于言表。

下得山来，我拉着蔡队长合影，众人开玩笑："你媳妇不会上网吧？"黑黑瘦瘦的蔡队长一脸认真："不会，我老婆才不管我！"

倚邦晨昏

茶山行，最后一天。早上从 4 点开始。

倚邦的早晨，轻微冷。天空有当然明亮繁密的星星，耳边有微风与虫鸣。人们揉着惺忪的睡眼从各自帐篷里钻出来，身边还是山中特有的浓黑的夜色。只有一盏明灯亮在坡上的小屋。门前，浅笑微微的严师傅已经背着手在等待大家了。

炒茶是个功夫活。不止那些大锅往外散发着袭人的热气让人猝不及防，当翠绿的叶片扔进锅里发出噼噼啪啪脆响的时候，也让人情不自禁地焦急起来。你必得身眼敏捷、手法熟练，才能迅速将那些贴在锅底的茶叶搅动上来，抖、抓、推、磨、压……各种理论上的手法在双手初次碰到鲜茶的那一瞬间，几乎都是白给。而阵阵来自茶叶的清香，又让人不能不在这个将醒未醒的清晨，沉醉其中。

亲身体验过炒茶，你会意识到，能随时随地喝到想喝的茶，是一件多么奢侈和快意的事！一名合格的炒茶人，不是一朝一夕可以练成的。从采茶工的长途跋涉、辛苦采摘，到炒茶工披星戴月、一丝不苟地翻炒……茶，原本就是属于山野的精灵。人类将它们请出来，须知一杯一盏来之不易。必得心存感恩，虔诚以待，才对得起那些滋养了它们的清风玉露、朝朝暮暮。

晚上，几个人在倚邦街头闲逛。长沙来的卢大哥转来转去，就带我们进了最头上的那家。几年前，他认识了这家的女主人，倚邦当地唯一的老师。他问她为什么不到乡里更好的学校教书，乡村女教师说："我去了，这里的孩子就没老师了啊……"

如今，农村"撤点并校集中办学"的政策到了倚邦，这里的孩子都可以集中去乡里上学了，这位女教师却因为身体原因，在家休养了整整一年。卢大哥总是惦记她，带我们进门时，一家人正跟不知哪家的邻居坐在院子里吃饭。见我们进去，也不见外，立马添上碗筷和酒杯。我们也不客气，三杯当地自酿白酒下肚，天上的星星都变亮了。

茶山行的最后一天，是在倚邦村头那棵大树下结束的。水一样的月光里，几个天南海北来的人，一小口一小口地呷着当地自酿酒，一粒一粒吃着沿途从不知哪个村民家里讨来的油炸花生米，有一搭没一搭聊着有的没的，嘻嘻哈哈絮叨你的我的……恍惚中，忘了时空，忘了人间。

第五部分　南山南

狡猾的雁荡

早在前往雁荡的路上，宁波籍的小导游就反复向大家强调：千万不要对雁荡山有什么太过神话的奢望；雁荡山的风景是需要通过想象力才能感受的；雁荡是看山不爬山，味道自然是与其他地方不同的……

我在心里偷笑。大概她是见了太多乘兴而来、失望而归的游客，甚至听过不少抱怨，所以才会先给人们一个心理准备，也给自己一个不至于太被动的局面吧。看景不如听景，我都把期望值给你降到这么低了，到时候可别再怨我了。

好在，雁荡并没有让我太失望，它说不上非常美，却也清新雅致；说不上震撼，倒也有些奇妙之处。作为一处景观，它是合格无失的。

先说那些树。北方的冬天还远没有过完，身处浙江东南部的雁荡山却已是一派郁郁葱葱的模样，甚至山上山下的，还总能见到已经开了花的树。奇怪的是，有叶的树木基本上不开花，开了花的都光秃着树枝，那些粉的、白的、嫩黄的小花朵，就像纸做的一般，星星点点，琐碎地点缀着那一根根干枯的枝杈。

然后是水。所谓"碧玉般的水潭"，我只在图片里见过。家乡天池的水，一年四季是宝石一样的蓝，晶莹剔透；青岛崂山的水，是水晶一样的绿，清可见底；雁荡山的水，却是那种最浓重的蓝绿色，沉郁到似乎是一块固体的玉，就那么齐齐整整搁在山底。你看不出它的流动，甚至仔细凝视，你会恍惚间感觉自己要沉到那蓝色与绿色的宁静里，永不出来。

而大龙湫瀑布就显得太清瘦了。这条落差高达197米的瀑布，让看到的人会陡生一种怜香惜玉的情感。因为山势太高，那形同一线的瀑布在上半部分还是水，再往下就成了烟。山风吹过时，瀑布竟会从腰间向一边飘散开去，就好似一位羸弱飘逸的白衣仙子立在山间，时不时扭扭纤弱的腰肢。

如果说雁荡的树属于一般资质的话，那水则只能算是中等美女。让雁荡的人选择的话，他们一定会把头牌的名号，授予雁荡的山。只是在我看来，这美女多多少少，添加了不少人为的痕迹，是个不但整了容，还接收了不低学历教育的"人造美女"

雁荡山景区繁多，我们所游览的正是比较具有代表性的大龙湫、灵岩和灵峰。并称"雁荡三绝"，而"移步换形"正是整个景区的精髓所在。导游会再三强调大家一定要跟着她，否则将会"白走一趟"因为每一个景点都来自导游对于眼前山形的解释，比如现在您看到的山，像不像一个正在沉思的少女？往前走几步，您看看，现在像不像一朵鲜花？再往前走，瞧，这座山是不是又变成了一个仰天龇牙的鳄鱼？一趟走下来，导游告诉了大家整整八个景观的名称，而这八个景观，不过是人们环绕着同一块石头走了一个圈。

最夸张莫过于灵峰景区。这里是雁荡山的东大门，也号称雁荡山最华美的乐章之一，而所有的神奇都在于这个景观是需要夜幕降临以后观赏的，是为"灵峰夜景"在这里，所有光线都来自月光和导游手上可以照射很远的电筒。树与水当然都已经消失不见，只有天穹中山的影子格外清晰，于是那所谓的"移步换形"也就被演绎到了极致。

从进景区到出景区，导游总共为大家介绍了多少个景点，想必没有人能记得清楚了，所有景点的故事却自成一统。分开是个故事，连起来还是个故事，同一块石头，这么看是个老头儿，换个角度看，又是个老太婆，继续往前走两步，呀，是老头和老太婆正深情凝视呢！

"雄鹰敛翅""犀牛望月""夫妻峰""相思女"……所有景点，不只有炫目的名称，还有故事、诗歌、民谣。这也难怪人们被要求一定要紧跟导游，因为很多象形，都是在导游的解释和诱导下，才被人们慢慢看出来的，而这所有美丽的景色与传说，就是人们在如此乌漆麻黑里，用导游如簧的巧舌和人们无限的想象力，共同完成的。

于是，整个夜游的过程里，我一直都很想笑。因为灵峰夜景的出名，在这个地方，我们经历了一天中最为人潮涌动的时刻，甚至在导游无数次"跟上跟上"的提醒下，还是有很多人跟错了队。更有意思的是，有那么一些象形景观，是人们在导游的引导下，背对山石而立，然后一起尽量向后仰头，最终从倒立的所见中看出来的。

白天挣人一次钱，晚上再挣一次一有同行者如此评价。也因为此，雁荡山给我的感觉，就是很"狡猾"，只是这个词应该是不含贬义的吧。哪里的山还没个形状呢，只有雁荡山人，把人类的想象力发挥到了极致，让这山色不只在白天成了诱人的景观，连晚上的山影也不可遗漏地成了导游们热情推荐的节目单。

上帝在很多时候，其实是给了人们同样的恩赐。所不同的是，有人只把它当石头，有人却让它成了美玉。

深宅里的前童

在某种程度上，我对所谓古镇是不抱希望的。有多少淳朴，能在如此芜杂浮躁的世界里安静独处，又有多少纯粹，不会被愈来愈频繁游走的脚步扰乱安宁呢？

前童却深深打动了我。这种打动，不是惊艳不是震撼，而是那种最温和的融化，那种随风潜入夜的渗入，那种希望沉入其中，永不抽离的依恋。

入口处，没有其他古镇那样长长地昭示着它"古镇""名镇"身份的招牌，没有拉客的三轮车，没有从镇外几十米就沿途排开的小商贩，也没有停泊各处的车辆，行色匆匆的游人……

一切都是那样安静。人们像是在一条乡村小道上赶路，根本还没有意识到早已经到了目的地。旅行大巴摇摇晃晃停在一个马路不宽，明显没有经过什么开发和规划的平地上，面对路边那个简单朴拙的大门，导游说，到了。

我开始进入了一种如坠梦里的错觉。

这座位于宁波市宁海县，与浙东大峡谷毗邻的小镇，始建于公前1233年，历来以保存完整的明清古建筑而著称。这里所有的房屋外墙都是灰白相间，好像刚刚下过雨后水渍渗出的痕迹，又似是个巨大画布，有个水墨画家任性地将大块墨汁泼洒上去，浓的、淡的、深的、浅的……各种黑白灰热热闹闹汇集在一起，把前童所有的房屋都变成了水墨画。

镇中所有路全都铺满了鹅卵石。那是一种小而细长的石头，像放大了的米粒儿，密密匝匝铺在地上。走在上面完全没有踩在水泥地和柏油路上的坚硬感觉，脚下像有弹性一般。整个小镇走一圈，一个半小时路程，竟没有丝毫劳累和厌倦。

天色一直是阴郁低沉的，间或还有些零星的小雨飘落。对前童来说，这恰是最好的。天是灰色的，石子路是灰色的，房前屋后的石板小桥也是灰色的。这所有灰色与灰白相间的房屋墙瓦连在一起，铺天盖地的暗哑，却并无压力，反倒多了些近乎通透的舒适感。似乎所有水分都浸透在这灰色里，从天到地，从晨到昏。而所有尘埃与燥火，也在这灰色里，慢慢落到尘世，安静蛰伏。

不知是因为名气不够大，还是运气太好，此刻的前童，几乎没有其他游人。我很容易就能找到一处空空如也的空间。天地在片刻之间寂静得就只剩下我自己的呼吸，整个小镇似乎静止一般，万籁俱寂。间或地，会有一只母鸡出现在镜头里，它在石头小路上悠然踱步，对于我的存在熟视无睹。可能心里很清楚，在前童，它才是主人，我这样的外来客，大概也得看它的眼色行事呢。

镇上的年轻人大都出去打工，剩下的基本都是上了年纪的老人。因为老建筑需要人居住，否则就会慢慢荒掉，而且老人也早已习惯了这个幽谧古旧的地方。于是，他们就成了这个镇里风景的一部分，一天天守护着它，又被它庇护。就像每家房前屋后绕行的河水，波澜不惊，日久天长。

所以在前童，人们基本上没看到其他古镇里那样鳞次栉比的小商店，更少有眼光飘忽、口齿伶俐的小商人。更多时候，是古宅里慈祥老人善意的微笑和对我手中相机的好奇张望；是街头巷尾一些闲聊男子躲闪着我的镜头，猜测着人群的来历；是在门外小河里洗菜洗衣的大娘大婶们看到我举起相机时，羞涩紧低着的头。

导游看我总是掉队，就总在队伍后面等着我，终于她忍不住笑道："我看得出来你很喜欢这个地方，但对我们来说，前童可真不是最佳游览地啊。这里的人对于开发旅游项目很不感兴趣，所以旅游业发展一直都不是很好，基本上还是原始状态下的参观而已。"

好像是为了印证导游的话，临离开的时候，接送我们的旅行大巴与当地一位村民发生了小争执。原来他埋怨这么大的客车会将他家门口的石头路压坏。和导游一起解决了这个小纠纷，我回头又看了看镇门口那依然原始状态的大门，突然有了一些莫名的担忧。

毕竟，在这个看似静谧的小镇里，我已经看到了电影《理发师》的拍摄地，看到相隔不远的石墙上，钉着这样那样景点的招牌。我也不能想象，那些出门在外，看到了大千世界的年轻人们，会不会把自己的家园当成聚宝盆；当地看过越来越多游人的民众，会不会有一天终于发现，自己藏在深闺里的这个姑娘其实是个绝世美女，于是忙不迭地将她重新梳洗打扮，大张旗鼓地安排它的生活和命运。

这样的担忧进而化为怨愤。我不知道哪一天还能重回这个地方，真能重回时，我又能不能看到那样安静的石径，听到那样无声的静谧？能不能遇见古宅里，那个对我的数码相机为何能成像表现出莫大兴趣的老人；能不能再看到古井边，那被我的镜头羞红了脸的打水姑娘？

尴尬普陀山

好几年前，我到泰安采访，采访对象对于到泰山碧霞祠上香拜祭之事非常热衷，并谆谆教导在他口中非常欣赏的我：一定要好好敬神。结果，我无比别扭的跪拜姿势遭到他的批评："你心有杂念，难以尽心投入，所以会感觉非常尴尬。"

其后许多年，每当进入寺庙宝殿之类的地方，需得面临跪拜顶礼的时候，我总会想起这句话。所以，当到达普陀山的船刚刚停下，众人上得岸来，便争相购买香火、佛珠、神符……我就总是游离于队伍之外，期望能通过我的照相机拍摄到普陀除了"佛教圣地"以外的其他景致。

只是很可惜，我立刻发现，无论是自然风光还是人文景色，普陀山，这个舟山群岛上独立的小岛屿，它的一切精华，大概都吸纳在那些巍然矗立的寺庙神祇中了。所有山、水、树甚至小有盛名的紫竹林，在我看来都是如此的乏善可陈。而山上山下涌动着的香客，以及如赶集般烧香拜佛的嘈杂无章、香火乱飞，更让我对传说中那种幽静怡然的"佛门净地"心向往之。

可是哪里还有"净地"！岛上居民基本上从事的都是旅游业，物价当然可想而知。刚一上岛，就飘了雨，我找了间路边的小卖部，想讨个塑料袋罩着相机。那女店主很是犹豫了一下，正要说什么，却见那40岁左右的男店主飞快地将眼珠子滚了一下，然后用浓重南方口音及南方语气回答我："塑料袋？是要钱的哎……"

我最终没有买那塑料袋，虽然只有两毛钱。面对那两个不知见过多少陌生面孔以及大小面额钞票的男女，我忍不住笑了起来。人都说佛光普照，说经常跟佛在一起，人的心灵也会被感化，变得纯净。可惜在普陀山，我所能见的，只是那四处兜售香火的小贩和许多匍匐前行、以跪拜之名行乞讨之事的所谓"苦行僧，——导游说，普陀山的僧人都很富有，没有苦行僧。我们看到的那些，要么是假扮和尚的骗子，要么就是外地哪个不怎么景气的寺庙过来的穷和尚。

回到青岛后有朋友问我：怎么样，普陀山感觉不错吧？在听到否定的回答后她非常吃惊。她已经连续四年去那里求神拜佛了，据说回回灵验。"我的确是被庇护了的。"，她说得一脸虔诚，于是让我开始怀疑是不是自己有问题？

都说不同的心境能够看到不同的风景，何以人家都能看出神圣的事情，而我体会到的，却只是那般无聊无奈又充满无稽的尴尬。

这就是所谓的没有慧根，与佛无缘吧。此生，大概我也只能尽量地做个"好人"，让那无处不在的神仙，既意识不到我的存在，也看不到我作恶，基本上顾不上为我操什么心费什么神。这样一来，就有更多精力去接受那些善男信女们的供奉，我也用不着总要寻那些不爱看的光景去看。自己心里舒服，神位也自然不会被我这种不敬的家伙胡思乱想地亵渎，而佛颜大怒了。

神好我好大家都好。阿弥陀佛。

惶惑的故居

对于名人故居，我自来没有什么爱好。每当看到那些旧家具老物件，我就会暗想，它们曾经的主人能想到今天吗？自己的枕头凉席被，全部被拿出来，供一些全无感情的后来人评头论足、指指点点。那些高高在上啊，那些荣华富贵啊，那些万人之上的敬仰啊……都不值得一提。

所以，对于奉化溪口的蒋介石故居，我只是抱着团客的从众心态，老老实实跟着而已。面对走十步就冒出来一个、胖胖瘦瘦姿态各异的十多个"蒋介石"，我也大可以躲在一旁，看团友忙不迭跟"名人"合影，心里也并不觉不妥。自我气节再高雅，不过世俗平凡人。出门在外，还是得把自己扮演得随和一些、听话一些、芸芸众生一些，才是最好。

有意思的是，游览一圈下来，给我留下印象最深刻的故人故事，不是关于蒋介石和宋美龄的，也不是关于他的儿子们、族人们，却是蒋介石的第一任妻子毛福梅。这个比蒋介石大 5 岁，一辈子几乎没有与丈夫好好生活几年，并最终被日本人的炸弹炸死在自家宅院里的女人，后人对她最重要的点评，就是她的名字不吉利，福梅——福没，就是个命呀！

毛福梅 1939 年 12 月死于日机轰炸，其子蒋经国回乡奔丧时，曾在到达的渡口上拍了一张照片以做纪念。同样是一张模糊得基本上看不出五官的照片，我却对照片左上角两行蒋经国本人的题字印象极深："要不断地流，流到目的地才停止！"

像自勉又像发愤，但在为母奔丧那样一个特殊的时间，发出这样一番感慨，多少还是让人心怀惴惴。于是，我在迈出故居大门的时候，突然也有了些惶惑：无论曾经有着怎样的风光，又曾执着几何，在历史的长河里，任何一朵浪花，不都是沧海一粟？所谓的目的地，在哪里，又真的存在吗？

天一生水天一阁

只要走在路上，就总会有惊喜。天一阁是我的惊喜。

这是中国现存年代最早的私家藏书楼，始建于明嘉靖四十年（1561），由当时的兵部右侍郎范钦主持建造。关于范钦，进入天一阁大门之前，我从来没听说过。据说他平生喜欢收集古代典籍，后又得到来自鄞县李氏万卷楼的残存藏书，使自己的存书达到了七万多卷。这其中，以地方志和登科录最为珍稀。

而真正让天一阁出名的，是因当年乾隆皇帝下诏开始修撰《四库全书》时，专门命人测绘天一阁的房屋、书橱的款式，照其标准，兴造了著名的"南北七阁"，专门用来收藏七套《四库全书》看来，书房想要出名，也得适当地走走上层路线，这个安居浙东闹市里的静地，才会成为宁波人旅游揽客的宝贝。

好在，大年初五的早晨，这个弥漫着书香气的地方还没有成为人们游览的重点。从进园到出园，游客最多时也不过十人。在如许宁静里，那一格格的书橱、一幅幅的画卷、一条条的回廊、一弯弯的水塘，那绿的树碧的水，那飘散着昏黄灯光的藏书楼，和着那掩饰不住的皇家豪气……都让我深迷其中，无法自拔。

余秋雨曾写过一篇《风雨天一阁》，"来宁波不去天一阁，等于没有来宁波"的说法据说正是源于此文。有人说，天一阁的存在，堪称中国文化史上一大奇迹，而天一阁存在的过程，也是中国文化保存和流转的艰辛历程。徜徉在那些书与卷轴的海洋里，我不能不对这种说法深信不疑。作为一个经历了诸多战乱与纷争的国家，连那皇家编撰的《四库全书》最终也难免惨遭涂炭，如此一座南方小城里的私人藏书阁，却在400年的风风雨雨中，默默支撑和存在着。其中的坎坷与艰辛，大概只有那些已经显示出旧色的木质书橱和麻质卷轴，才能深知吧。

这么想想，很有些悲怆的感觉呢。

大年初五的上午，天一阁里清风微微，偶尔还有细雨斜斜。几乎不见游人的藏书楼，静而幽深。天一阁之行因为时间缘故，实在有点儿匆匆。但遗憾之余我又有些许庆幸：也许，所有完美的旅程都是要留有缺憾的，唯其如此，那所有的美丽，才会让人一次次地回头、追寻。

希望有一天能再来吧！

一言难尽是扬州

过了这么久，对于扬州，我竟仍然不知该如何说起。

一种东西，曾经在你的想象与向往中盘踞了太长时间。当真的有一天拥有了它，心中滋味大概就是如此难言吧。好也不是，坏也不是，那种不上不下的难舍与嫌弃，让人不能不说，又无话可说。

扬州给我的感受，就是这样的一言难尽。

1. 我不在扬州，就在去往扬州的路上

去扬州的前一天，我在青岛大街上先后偶遇两段对话。第一段是俩中年女子，边走边交流自己的旅行感受：我一到扬州，就先直奔富春茶社，那人多的……第二段是一对情侣，女的正跟男的说：咱下次再去，就能自己逛了。扬州，太小个地儿了！

不到一小时后，我在出租车上听一位旅游节目主持人正口若悬河地炫耀自己前几天在二十四桥看到的月亮。而打进热线电话的人们，有表达自己对扬州的满心向往之情的，也有孜孜以求各种旅游攻略的，好一派"我不在扬州，就在去往扬州的路上"的繁华景象。

所谓烟花三月下扬州，我将要看到的，大概就是传说中最美的扬州了吧。

2. 第一眼扬州：满城风絮满城柳

扬州的柳树，多到让人惊讶。

是那样风姿妖娆又光怪陆离的柳树。白天，她们全数立在或水边、或桥边、或岸边的什么地方。风是柔美地吹，那满树的柳条，与其说像女人的长发，不如说像少女的腰肢，总在迎风扭动、摇曳。你若仔细盯上去，她们又变得静默、内敛。好像怀抱心事，懒得动弹；又好像心存主意，骄矜地等你主动搭讪。

于是，一进扬州城，扑面而来的就是漫天纷飞的柳絮。

天气预报说，明天扬州将达到今年最高温。看着一行四人冬末春初的打扮，大家都一脸苦笑。但车窗外满眼的绿色，还是让人从心底生出些许兴奋。从早晨到中午，自北方到南方，半日之内，天上人间。

3.阴晴瘦西湖，一条公园的路

瘦西湖好吗？

好。

更何况，两天之内，我们既看到了艳阳高照、花柳满岸的瘦西湖，又看到了斜雨霏霏、烟波荡漾的瘦西湖，该算是幸运。

可是，我却很难爱上它。

瘦西湖得名于"瘦"，却也无奈于"瘦"它不过那一径窄窄的水域，宽广不足，空余秀气。湖岸边有树有花，却不过是惯常的树，平凡的花；湖面上有亭有桥，也只是规矩的亭，局促的桥。无论在阳光明媚的岸上走，或者荡舟于细雨飘洒的湖中央，瘦西湖终究不过一条布满仿古木船和简易游艇的湖。从形状到内涵，它都瘦瘦的。能入人眼，却进不了人心。

尤其，当阳光下是脚尖碰着脚跟的艰难行走，当微雨里满眼都是岸上的伞……瘦西湖更像是一座乏善可陈的大公园，不管游船上的古筝女弹着怎样的曲，岸那边隐约着多少只仙鹤的影，或者传说中有多少位皇帝曾经驾临……它终究是城中之池。拮据着，促狭着，却又莫名其妙地自得自满着。

湖边小道上，偶见挂满枝头的白色花朵，名为"琼花"，据说是扬州市花。很多人驻足树下拍照留念，更有扬州人骄傲地宣称：这是一种只在扬州才有的花。我一直没好意思点明：在青岛崂山的深处，每到四五月，就会有很多开着这种白花的树，漫山遍野。我总在山里寻那花儿拍照，却从来不知道它的名字。

坐在雨中的画舫，突然觉得，瘦西湖不就像这琼花，顾自美丽着，却不知道，那美丽，有点小。

4.包打天下的扬州众茶社

到扬州，不吃早茶是不可以的。这是在扬州几天里，几乎随时都能听到的忠告。

于是，天天吃，顿顿吃，从富春茶社吃到冶春茶社，从街头巷尾，吃到卢氏盐居。

结论是，冶春茶社环境好，一派新潮淮扬菜领军者的气派；卢氏盐居够古风，历代盐商奢华的官邸容纳了说不清道不明的氤氲神韵；但论到早茶质量，却还得数老字号的富春茶社。那条一百多年的破败窄巷里，矗立的不只是一座脏而旧的古宅，连茶社的工作人员，都统统带着国营单位的气质。文思豆腐、大煮干丝、翡翠烧卖、千层油糕、蟹黄汤包、五丁包、笋丁包子……不一而足，总也吃不够。

富春茶社老店的大堂里挂了一幅字，我努力了半天才认清楚：包打天下。

也有扬州朋友说：离开了扬州的人，面对其他的包子都会说一句，这还能叫包子吗？

所以，回青岛后，我到现在也没吃过包子。

让那美好的味道，在我的记忆中留得再长久些吧。

5. 终归是他乡

扬州人是和善而热情的。他们操着江南人的口音，却有着苏北人的爽朗。会对所有提问的人笑脸相迎、详尽作答，还会邀请或远或近的相识，去各种茶社吃早茶。

扬州人又是自足的。他们很少离开家乡，连火车也是 2004 年才刚刚通往那里。物价不高，打车从城的这头到城的那头，计价器跳不了几个字儿。人们爱极了自己的生活，处处标榜的是市民"幸福指数"高；大街小巷或亭台楼阁，随处可见"扬州三把刀"。在一些学校里，专门设有修脚、沐浴专业。富春老店附近的小街上，挂着"扬州市沐浴协会"的招牌……

所以，就此安卧在这座小城里，也许不失为一件惬意的事。大可不急不躁、不慌不忙。一带瘦水，几屉包子，声声软语，人人含笑。多美。

可是有一天，同行的张同学终于忍无可忍："我要吃毛血旺！"

扬州人大概要侧目嗤笑了吧。在那样精细雅致、充满贤风古韵的淮扬菜的天下，岂能思想那造价低廉、制作粗糙、无甚内涵的毛血旺、酸菜鱼？

然而，这就是生活吧。阳春白雪多了，势必招人烦气；下里巴人虽低贱，却是最质朴本真的存活。无论风光有多美，包子有多好，扬州，那终究是别人的生活。我们时时都在向往生活在别处的刺激，却终有一天，会为了吃两口毛血旺而打道回府。那就回家吧。

扬州，希望我还能再来看你。

乌镇里的似水年华

说起来，我对乌镇的向往，与黄磊和刘若英演的那部《似水年华》不无关系。文艺青年的通病，愿意在同道身上找通感。结局往往是，人家的阳春白雪，成不了你的繁花似锦。

我在冬天到了乌镇。据称百年来中国南方最大的一场雪刚刚过去，消融的冰雪让地面泥泞不堪，沟壑交错。潮湿的空气和阴沉的天色，也让这个充满了石巷、木屋、蓝色印花布以及小桥流水的古镇，处处洋溢着陈旧、阴柔、颓唐、慵懒甚至暧昧的气息。

主街是一条窄巷，只能允许两三人并排通过，名字却起得颇为响亮：东大街。大大小小有人把守检票的博物馆、纪念馆、遗址、故居，就鳞次栉比地分布在以东大街为主线的小镇各地。

在高公生酒坊，中年酒保殷勤地推荐着免费品尝的自酿小酒。我和小白姑娘各自品尝了一盅，到嘴巴里苦哈哈的，到胃里就热乎乎的，感觉跟二锅头没啥区别。倒是那一口口硕大无比的酿酒缸、喷着热气的雪白酒糟、笨拙而古旧的舂米工具（叫作"槲"的），还有飘扬在风中的"酒"字旗……

立马就想，如果能在著名的林家铺子里品二两小酒、听三两点雨声，应该会很不错的吧！

结果就真看到了"林家铺子"。却是镇上最大的工艺品商店，印花服装、旅游用品，林林总总，不一而足。登时没了兴致。茅盾先生要是知道他的作品最终会落脚在这样一个铺子里，不知会作何感想？不过在他的故居里，倒是发现了有趣的事情。茅盾一生所用笔名居然有145个之多，并有很多诸如"惠""兰"之类女性的名字。同伴很是感慨：那时候也时兴"马甲"的啊！

我的这位同行总是会时不时蹦出些经典语录来。参观"百床馆"，人们都在慨叹那些床的精致、奢华、巧夺天工，只有他摇头晃脑地嘀咕：人家都在研究原子弹了，中国人还把聪明才智用在怎么做床上……

虽说"看景不如听景"，但乌镇总体是没有让我失望的。相反，那古戏台上顶着寒冷、一丝不苟演出地方戏的中年妇人会让我长久驻足，无比感动；皮影戏馆里只有十分钟的《孙悟空大战蜈蚣精》让我们看得哈哈大笑、不亦乐乎；

坐在那个一只手总是揣在兜里的酷酷的船老大的船上，我享受于那种摇摇荡荡、晕晕乎乎的感觉；蓝印花布作坊门外，那一匹匹从五六丈高的竹竿上一泻而下的蓝色花布随风拂动，让人产生无限的遐想……在我心里，乌镇就像是一位旧友，再见面时，她的样貌是我所熟知的，但更加生动；她的气息是我能够体尝的，却更加温润；她的灵动是我能想象的，只是更加真实。

所以，即便她不是那样美丽得不可方物，于我却仍然是亲切的，惹人疼爱的。

东大街上的所有门户几乎都关闭着，游客们穿梭其中，往往不能确定是不是真的有人在此居住。而且天气实在是阴冷到随时都能捏出一把水来，我无法想象人们在这里该如何过冬。在乌镇的3个小时，我一直在喊冷，而这种冷貌似毫无出路——没有暖气、没有空调、连个小小的煤炉都没有。住户们就在空落落、湿兮兮的木板门里张望着来来往往的游人，兜售着他们的小物件。

当然，我很快就发现了一种奇特的东西——几乎所有女性居民都怀抱着一个两头开口的袖筒，厚厚的，花里胡哨，各种材质，一看就知道是自己缝制的。我凑到一个卖旅行帽的大姐身边去看，她热情地告诉我袖筒里的秘密：原来里头放了一只小小的暖水袋。女人们把两只手全部揣在袖筒里，这大概也是她们唯一用来取暖的"设备"

听说我们是北方人，她好生羡慕："你们那里冬天暖和些哦，有暖气。"

小白问："一直都是这样吗，冬天就干耗着？"

"是啊，一直都这样。"（估计干耗一词，人家没听懂）

就在我感慨着这种冬天怎么能有人过得去时，却就在一扇很难得大大敞着的窗户外，看到屋里一桌人正优哉游哉打麻将。桌上有茶水、花生皮，还有电视机在旁鼓噪。对于屋外来往的异乡人，他们就如同对待每个人口中的白色哈气一样，完全视而不见。

于是我开始对着每一个有小圆洞的木门张望。几乎每个房间里都阴森森的，没有人烟，也没什么家具，却必定有一台大小不同、品牌各异的彩色电视机在那里忽明忽暗地闪烁，好像在提醒我：哦，原来这里是有人居住的。他们刚刚还在这里看"我选择，我喜欢""一切皆有可能"，现在不过是出去买菜了。

似乎只有电视才能昭示这个小镇与外界的关系：它是独立又不独立的，是古朴又现代的。在日复一日年复一年的阴冷中，小镇生活看起来翻天覆地地改变着，却又有一些东西，是总也变不了的——想当年，我正是被杭州吓死人的阴冷打消了大学毕业留在南方的念头，十多年过去，这里的人们仍然如此过活着。

直到快要离开的时候，我才看到挂着"晴耕雨读"牌匾的书院。到处贴着的"《似水年华》中朱旭休息的地方""《似水年华》中男主角修缮图书的地方""《似水年华》中女主角和男主角相遇的地方"，让人瞬间出戏。

一个地方究竟是因为美丽才出名，还是因为出名了才会更美丽？是不是只有真正靠近它，你才能看到藏在那些繁华与温情表象下的，不过是些冷冰冰的"请勿动手""闲人免进"？

电视剧里，刘若英在一个昏黄如金的夕阳下做单腿跳，开心得像个孩子。我也学她，在书院空旷的石板地面上单腿跳，一、二、三、四……一边数着脚下的石板块，一边停下、转身、跳，再转身、再停下、再跳……

在停下脚步、转过身去以后，我当然没能像女主人公那样，看到一个或突然出现、或早已静静伫立的陌生男人。戏剧的吸引力往往是造梦和提供惊喜。如果真能如戏所演，那吸引力也就不复存在了吧。

更何况，谁能保证在那一转身之间所看到的，就一定是"我想我是海"的黄磊，而不是中年胖子黄小厨？

看见与不见，很难说，究竟哪一种是更幸运的事。

苏州，那个站台西施

我经常会有那样的时刻：每当需要一大早起身赶飞机的时候，我就会在半梦半醒间徒然生出一种懊恼来：我干吗要起这么早？干吗要去那么远？干吗要遭这个罪？干吗不能倒下继续睡个舒舒服服的觉？

这种兀自哀怨会一直持续到机场登机口。此刻，觉也醒了，起床气也没了，对于将要开始的美好旅程的巴望于是成了兴奋剂，一路高歌猛进，一路斗志昂扬。

下次出门前，却还是免不了一顿自怨自艾的起床气。

从小我爸就告诉过我一句至理名言：好出门不如赖在家。无论因为何种原因的出行，某种意义上都是很奔波的过程。所谓旅、行，往往走在路上的时间会比待在一个地方的时间要多一些。很多的风景其实被草草略过了，有时候是汽车经过时的惊鸿一瞥，有时候是站在船头时淡然地回望。

好几次到苏州，都是路过。有关它的记忆点，基本都跟交通工具有关。

和全国其他城市差不多，那几年苏州的交通广播电台很是发达。无论是从苏州到嘉兴的大巴，还是苏州各线路的公共汽车，你随时都能听到广播里那甜得发腻的男声女声，他们也都具有所有电台主持人共通的特点：海阔天空、胡说八道、打情骂俏、无故大笑。

苏州人对这样的声音似乎早习以为常，哪怕长途大巴的行程再漫长，也能让广播从头聒噪到尾，人们该聊聊，该睡睡。在从嘉兴返回苏州的大巴上，有个一直在啃鸡爪子的司机。刚开始时，他的广播里一直在放钢琴曲，一位同行支着耳朵听了半分钟，一脸诧异地对着我：德彪西？但是很快，司机自己就受不了了，趁着等红灯的时候，飞快地调频道，直到再次听到那嘻嘻哈哈的声音，才又继续去啃他的鸡爪子了。

他其实不知道，伴着那悠悠的钢琴声，看车窗外浓浓的夜色、点点的灯火，那种感觉有多美！

在苏州汽车站，我们三人与当地三轮车、出租车（还有其他各种车）的司机展开了一场斗智斗勇的较量，最终每人花一块钱乘坐公交车，横穿苏州市，到达火车站，并没有如他们所说需要 20、30，乃至 40 块。原来全国上下，车站的司机大都是不可信的。他们信誓旦旦说能把你带到什么地方，又省钱又舒服。等你自己找到那里的时候，才发现它离你出发的地方，也许不超过两三百米。

出门三件事，观景、吃饭、看美女。都说江南出美女，我在杭州求学的日子也的确领略过南方女子如水的肌肤和莺莺燕燕的吴侬软语。但是很可惜，大概是季节不对，此时的美女不是个个包裹在硕大厚重的衣服里，让你根本看不见她的庐山真面目，要么就是冻得脸色煞白，鼻头通红。遗憾得很。

等车的时候，我指身后的美女给女朋友看。她很是仔细地端详了一通，说还可以吧，就是妆太浓了。同行男朋友在一旁跃跃欲试：哪里？在哪里？可是真指给他了，他又含蓄得不行，几乎是以 0.02 秒的时速迅速将头向后摆了一下，都不知道是不是瞅准了人。

谁知上车后去，那美女正好站在他身边。我和女朋友在旁边一个劲儿地斜眉歪眼："傻人有傻福哦。"

在桐乡汽车站，我们看到一位在进站口检票的女人，后来一路上，我们都叫她"车站西施"倒不是美得多么倾国倾城。毕竟不是青春少女了，虽然五官轮廓的确清晰，一头长发的确浓密笔直，皮肤也的确白皙到近乎透明，但那种人近中年的疲惫感还是无可掩饰。但大概恰是如此，她的神态以及脸上极为精致的妆容，就具有了更大的吸引力。那样黑黑的眉，那样红红的唇。

在那个以返乡农民工为主要人群的车站里，在那冷得几乎要把人的精神气全都冻没了的下午，这个桐乡汽车站检票口的中年女人，以一种不想引人注意却不能不让人注意的姿态，稳稳坐在进站口的椅子上，面无表情，腰板平直。即便是坐着，即便穿着制服，都掩盖不了她苗条的身材和笔直的长腿。她木然地把眼睛投向前方某处，似有落点，又如虚无。周围是喧嚣嘈杂的各种人声和车声，而她就像浑身自带玻璃罩一般，毫不犹豫地把自己完全隔绝在拥挤而空茫的环境之外，有点儿哀怨，又有点儿淡然地，兀自出着神。

但她显然也心知自己有着怎样的外貌，更明白那对于旁人的吸引力。于是那出神、那淡然、那不以为意、那含愁带怨……就都带有些刻意，甚至一些欲迎还拒的诱惑力。

我们远远看着她，也猜测着她。她在想什么，她曾经历过什么。就像所有旅行中闲极无聊的人会猜测陌生人的秘密。我们撺掇男朋友去进站口跟她搭讪，然后看她面无表情地抬头、说话，再继续似有若无地放空自己。

后来，在开往嘉善的长途车上，我突然又想起了那个女人。彼时，窗外是南方冬天绵延的田野，一间间农舍排在路旁。其中一间的外墙壁上，整面地挂着硕大无比的广告牌。"骆豪西服，男人的骄傲"几个大字的旁边，演员胡军正端坐媚笑。他看着我，我看着他。

你站在这里看风景，风景里的人看你。这不是诗，是我们所有人擦肩而过的人生。

第六部分　十年几度

没有故乡的人

在我的家乡，是没有什么谷雨什么秋分的。我长大的那座城市，一年基本上就只有两季。前两天出趟门还大汗淋漓，忽如一夜北风起，下雪了。

是到了青岛之后，我才知道，原来清明时节真的会雨纷纷，谷雨也必然阴沉沉。我第一次在 4 月的海边感受到了春风吹过海雾，第一次看到樱花树下被花瓣铺满的人行道，第一次可以在秋天穿薄风衣小短裙……当然，还有一个原因：我不吃羊肉、讨厌面食，对青岛的海鲜却爱到不行……

所以，可以说是在我来青岛的第一年，就爱上了这座城市，并且决定"老死青岛"甚至之后十多年，我曾有过几次去更发达城市发展的机会，但每当所有"可去"和"不可去"的选择并排放在眼前时，最终都被一句"我要留在青岛"给取代了。

但是真的说到"融入"，却也很难。青岛无论怎样美，它其实属于知道中山公园夜樱更美的姑娘，属于对旧城每一条路、每一个酒吧、每一家小店都如数家珍的啤酒肚、死胖子……做观众与做主人的感觉，终究不同。

后来我想，我们这一代离开故乡的人，大概都有这样的纠结。有一天你会发现，你改不了乡音，没有从小学一起长大的同学。对这里的风俗，你可以学习了解，却永远也无法真的体会。你没有从菠萝油子路跑过去上学，也不曾在海边礁石上吸海蛎子吃。无论你对这座城市有多了解有多爱，在聊到某些城市过往和典故时，你都无法与土生土长的当地人快乐击掌，默契一笑……在这个你已经定居的地方，你其实还是个外乡人。

而回到那个所谓的故乡，你没有身份，只剩故人。聊天中除了聊过去的事，很难讲到未来。人们像欢迎客人一样欢迎你回家。就连父母，说的也是你现在的那座城市怎么样，回程机票订了几号……在那个你认定为故乡的地方，你印记模糊，意义全无。

所以，即便我一直承认，青岛是个包容度很强的城市，我在这里也从未因为地域原因而产生过身份上的不快……但实际上，从离开家的那一天开始，我就已经注定，从此是一个没有故乡的人。

重庆的重，重庆的庆

1

好些人问：为啥去重庆啊？很简单。一是没去过，二是那里有认识的人。

在重庆，我认识的人不多，三个。一位大学同学，两位茶友。足够。

2

同行共三人。除了我以外，一位女瘦子，和另一个女瘦子。俩商界的精英。出发前我想，这是逼着我减肥的节奏吗？回来后我想，要是真的得像她们那么累，我还是胖着吧。

好在都是温婉有趣的人。同行之乐在于大家都不叽歪、不矫情、不攀比、不鸡贼。有这样的同行者，一切都好。

3

到重庆，火锅当然是首当其冲要吃的。美美的川妹子小钟姑娘请我们去的是一家名叫"大队长"的火锅城。晚上9点多，上下两层楼，满登登的食客，人声鼎沸。空气里满溢着热辣喷香的味道。服务员一水儿绿军装武功带，小姑娘统一扎俩小辫儿，一边一个红绸带，映得圆嘟嘟的小脸红扑扑的。处处可见毛主席语录，也是红红的，映亮着厅堂。

因为是重庆，不意外。

辣是真的辣，麻也特别麻，却是真香啊。锅里咕咚咚地翻滚着，几口吃下去，嘴巴就麻木了，筷子却完全没法停下来。重庆火锅像是罂粟，吃一次，足以上瘾。

4

满街都是茶、咖啡、酒。重庆人的舒坦恣意，是如呼吸一般的自发。上午10点之前，街上几乎没有人烟，无论阴天、雨天还是大晴天。后来知道，重庆人的活动时间大多在后半晌。重庆叶老师打算带我们去感受下刚刚开业的"慢咖啡"。晚上11点，三层楼全满。仍有人等座。

还真是阴天、雨天、大晴天。我们总共待了三天，三种天气都赶上。

这也是人与城市的缘分吧。

5

到处都是美术馆、艺术馆。为此我专门问了叶老师是不是因为他自己喜欢什么就带我们看了什么，或者他认为我们会喜欢，所以就特意选了那些地方。但不管什么答案，深入这座城市骨髓的，除了慵懒、散淡、豁达与爽性，还有掩饰不住的文化气息。无论东方西方、新的老的。

实话说，这与传说中的重庆，有点儿不同。

6

是的，的确是有传说中的，重庆。

所以很多问题是不能避免要问到的。结果区区两三人，给到的结果完全不同。每个人都习惯站在自己的立场看问题。标准不同，感受大异。兼听则明，我虽无须评价，却喜欢这种三说两论的差别。当这世界人人都能有自己的想法而无须心惊胆战就能说出来时，才是美好的人间吧。

至少，此刻，我所看到的重庆，恰是美好人间。

7

叶老师是标准的重庆男人。肤白面软，姿态温和。语速却奇快，一旦加上口音，还真听不大懂。身上有在商言商的精明，也有老文艺青年松松垮垮的气质。也多亏了他，我们得以在最短的时间里，最多角度地看到了重庆。张弛有度，并不奔波。

或者也与他的个人风格有关——重庆人似乎都会给人那种感觉，既火辣辣，又清撩撩。你想要的感觉，他们总会在合适的时候，带给你。

8

开车的杨老师是个喜欢背手走路的重庆男人。在"宇宙第一大路痴"的我眼里，他是个神一样的人物。我实在不明白那些大路小道，他是怎么能在最准确的时间、最精确的地点，出现在我们刚刚好需要他的时候，而其他时候，他可以完全消失不见。

初识时，杨老师很沉默。话不多说，笑也很少。最后一天，他开始自己找话说，还一直呵呵笑。

可惜就要分别了。

9

2007年大学同学聚会之后，我就没再见过坤子。此番再见，好像日子并没有过去七年两千多天。

坤子还是那副娇小圆润的模样，极易脸红，说话逻辑清晰。身边的夫君倒是高高大大好似北方男儿。特别神奇的是，叶老师带我们去找坤子之前，曾猜测过这个被我念念叨叨爱喝茶的姑娘会不会是他的相识，一见面，竟果然是。坤子愣愣地看着跟夫君握手的叶老师以及他们身边的我，连说："这是什么情况？"

说朴素些，这世界太小了；说酸一点，缘，妙不可言。

10

坤子带我们去吃鱼。嘉陵江上的渔船，刚刚打上来的鱼，肥大活泼，数次打算逃脱，然后就变成了大盆里白嫩嫩的酸菜鱼。饭桌上，因为身体原因一直有点儿怏怏的丛姑娘抽空抬起头来："太好吃了！"

从头到尾就我们一桌客人。我们在船头，看江上呜呜驶过的大小船只。阳光时不时从刚刚雨歇的云层里钻出来，又藏进去。近处的岸上，是挂着巨大楼宇名称的在建楼盘；远山上是高矮不一的楼房，鳞次栉比。

是真正意义的"鳞次栉比"。重庆的楼房，通常一排排摆在层层山面儿上，看上去有些触目惊心的密集。和中国所有城市一样，重庆也不可避免地正在沦落为硕大的建筑工地。到处在拆，到处在建。

这一路，文艺青年叶老师说得最多的话就是：好好的古城拆了，也不知道盖那么多楼，干什么？

干什么？天知道。

11

也被组了个局，席间却尽是青岛人、烟台人。我笑说叶老师不知道有什么气味，专门吸引山东人。而丛姑娘后来说，真奇怪，虽然都是老乡，这局与青岛的局，感觉却大不同。

都是异乡异客的缘故吧。知道此一见，之后再无瓜葛，于是更自然也更放松。海娟说已经好久没这么个笑法了，"这一晚上不知道添多少皱纹"！

那个高大白皙的青岛男人一直在讲述自己对重庆的爱，只是有时候会很想念青岛的大馒头。面对他玩笑式的挽留，丛姑娘幽幽道："可是我不会发馒头。"刚刚收起来的笑，就又爆开了花。

12

的确是有些不同的局。人们的话题不是股票、不是地产，也不是人五人六骂社会、谈艺术。三言两语旁的废话，之后便全是吃。哪家小面特好吃，哪儿有间刚开的馄饨馆。路要怎么走，风味是什么，大概是祖传的秘方呢，我都研究出来了……一群大男人，不厌其烦交流各种美食场所，似乎那是他们生活中永远的第一要义，最重要的幸福感来源。

每当想起一座城市，首先想到的是那里的美食，而且怎么数都数不完——这恐怕是身为城市，最值得骄傲的事情吧。

13

到达重庆那天，雨下得不小，摆渡车开了有一个世纪那么长。身边满是嗓门巨大的川人，好在有些语言基础，我听懂了其中一位男子大声感叹：果然是国际化大都市哦，车要开唧个久！

离开重庆那天，温度直升，天地明媚。离开时，我在酒店门口给丛姑娘拍了张照片。阳光照在她白得几乎透明的小脸儿和消瘦轻薄的身体上，整个人瞬间就灿烂了起来。

这是重庆留给我最后也最深刻的怀念。它是古朴的，也是时尚的，是广袤的，也是紧致的；它是美食，也是美景，是书画艺术，也是茶的天堂；它在人们的传说里风云诡黯，真的走进时，它的一切却都是切合的、熨帖的，是"当然应该如此"，是"其实就是这样"。

但无论如何，不管是美好还是粗陋，是前进还是倒退，是本地人或是异乡客……重庆给人的感觉，始终是温暖的、喜悦的、柔软的。即便它的辣让你流泪，它的冲让你咂舌，但它还是像重庆新天地建筑外立面上的藤蔓，夏天盛放时，它有宜人的绿意；冬天干枯时，它的狰狞萧索也带着一种温情的美。

14

重庆，据说是"双重喜庆"的意思。

在这里，任何姿态皆适宜，一切都是刚刚好。

不辞长作武夷人

1

武夷山，浓的是绿，淡的也是绿。浓绿让人沉静，淡绿愉悦身心。

初到那天，恰是雨后天未晴。机场走出的那一路，眼中的绿有香味儿，鼻腔里的绿翠生生。

李白在《春思》里说："燕草如碧丝，秦桑低绿枝。"那是说人隔两地的相思：你都绿到茂林压枝头了，我这里才是新芽刚出头。真远啊真远，想念啊想念。

可是，在同一时间的同一武夷，铺满双眼的却是绿王国的调色板。哪怕最优秀的画家，也无法数出究竟有多少种绿。

《春思》的后两句说："春风不相识，何事入罗帏？"

不是断肠时，不问君归日。我却闻春风，我往武夷来。

2

天心禅寺门前的台阶上，有个灰衣灰裤的老人。身体几乎躬到90度，一步一挪，扫台阶，拾落叶。

人实在老，竟已看不出是男是女，只觉得他（她）红光满面，始终笑着。看到我们，主动开腔。完全听不懂的闽南话。你比我画的，竟也明白了。原来是位先生，71岁入寺，"扫了26年禅院的地"。

给朋友拍了老人的照片发过去。他回：老神仙。

3

到处都是狗。饭吃到中途，旁边冷不丁就立着一条切切期待的狗。人们也并不赶它们，人狗和谐。

随地就能倒下晒太阳，睡觉。从"正山堂"的楼上看下去，院里黑狗、黄狗睡了五六只，很是壮观。

残疾特别多，瘸的还都是前腿。原来当地土狗特别喜欢上山去找猎人下的捕猎夹，结果猎物没吃到，倒被夹子夹断了腿。

想想城里那些在车流中惊慌失措的狗，武夷山的狗也许算是幸福的吧。

4

关于"大红袍"的传说，与中国各种名物如出一辙：都有书生，也都有赶考途中病倒。在这个故事里，救活书生的是天心禅寺的老方丈，救活他的物件是寺门前茶树上的茶。当然，这书生之后一定会发达，也一定会知恩图报。他将中状元后穿的大红袍披在茶树上。duang！天心寺的茶就成了闻名遐迩的"大红袍"。

寺中空寂无人，唱经声延绵不绝。大殿门前体形粗壮的中年师傅，从我们进去时就在打电话，直到我们离开还没讲完。一会儿，一位女僧人悄然出现。身材苗条，神色从容，有着即便光头也难以遮掩的美。她根本连看都不看我们地施施然走过，斗篷式僧服时髦又漂亮，让几个女人探头探脑跟着人家偷拍半天。

老禅寺大殿古旧，斑驳的回廊柱透着岁月的痕迹。往后走就成了新楼宇。抬头望望，又高又阔，却真少了些亲近感。其间一家小茶室，也是尽了力地雕梁画栋。两位操着浓重东北腔的姑娘旁若无人地讨论着茶与师傅。我只仔细看她冲茶的动作，想要偷学两招。不料脸上是淡定的，手法却全跟不上，多余替她着急。

墙上挂着"三阳开泰"的茶名，据称正是这家师傅的大作。同行有人从包里掏出一包，俩姑娘眼睛瞬间亮了，连说就这二两也得500块呢。朋友是大方人，请姑娘冲了包，价格不菲。茶是好茶，却难免感慨。都说耳濡目染，真实的风骨却总是难修。粗鄙的总归粗鄙，还真不是烧两炷香喝几口茶，就能变成文雅的。

5

有福之人不用愁。托老同学的福，得以进到据说三四年来没接待过普通游客的武夷山景区。果然山高林密，那种被五花八门的绿色搞到头晕的感受再次袭来。我一直以为南方的山相对低矮、柔美，却不料武夷山美是美的，但是气势险要，俊俏得相当霸气。山花却开得含蓄，星星两两是点缀。

有幸进入传说中顶有名的"正山堂"参观。从大老板到茶厂的整体风格，竟都透着些朴素平和，全然没有所谓品牌企业的好大喜功。只是负责人专门放映的新企业宣传片，让众人看过之后面面相觑。

同样的感受源于《印象大红袍》全场观摩下来，连失望都谈不上。除了声光电与自然环境的结合释放了几个视觉上的亮点外，整场表演从立意、结构到音乐、旁白，均呈现出东拉西扯、不土不洋的尴尬。玲姑娘直说："这明显不是在说茶文化，说说酒倒还勉强。"

茶这种东西，还真不是谁都能轻易解读的。好东西做不到好处，该是世间最大憾事。

6

最后一晚，居山中茶农家。夫高高瘦瘦，每开口必含羞涩；妻体貌健康，相当开朗。家里还有位老人，穿中山装，戴厚度惊人的眼镜，搞不清是丈人还是公公。只在我们吃饭时专门送酒进来，说是自家用梅子酿的，很好喝。口气低婉温和，却一副不容拒绝的样子。于是人人就都弄了杯嫣红的酒，老人自己却坚决不喝，只摆了摆手，兀自离开了。

小两口始终很忙。一个忙着照顾我们的饮食起居，另一个就忙着做茶。这一晚，正是茶农们开始做今年的第一道茶，家家户户挑灯夜战。我第一次知道，原来刚刚采摘下的新鲜茶叶竟有那般温暖的香气，与制作好的茶叶香全不相同。实在不能不让人对于茶叶这一生的转化与命运，浮想联翩。

住处窗下就是一条河。既宽且清，水声在静寂的山林里尤其惊人。本以为会影响睡眠，却不知是不是满村的茶香怡人，这一觉竟睡得特别踏实。

7

武夷美食口味普遍偏重，据说是与江西接壤的缘故。在大红袍景区，有个招牌上书"天下第一蛋"，正是用大红袍煮的茶叶蛋，茶味儿很浓，咸味更让人咂舌。这一路，每每被咸辣顶到龇牙咧嘴时，心中大概就明白了为什么福建人的彪悍世界闻名。

漫山遍野竹林妖娆，沿山路上行，空气里飘散不去的是青笋节节拔高的味道。每当看到风起时竹叶儿飒飒，总会想起《卧虎藏龙》里章子怡一张小白脸腾挪飞跃于竹林中的场景。笋却是我在全国各方吃到最美味的。即便顿顿都能吃到，仍让人非常想背上几棵回家去。

茶当然是武夷山的主角。空气中随处飘洒着茶香，哪儿都能见到"吃茶去"。这里与中国大多数城市一样，永远都在建设，处处都是工地，而尤其多见的，是各种正在兴建中的茶室、茶楼、茶苑。据老同学介绍，本地人少有选择离开。以茶为生，似乎是武夷山人命中注定的选择。

其实是让人羡慕的呢。所谓"武夷占尽人间美"，很多人终其一生拼了命地工作，最后想要的，也不过是像一个普通武夷山人那样，拥有一片绿、一院竹、一丛花、一壶茶、一段时光、一生安闲。

在翠峦的雪原上撒个野

这世界，人们甩卖时吆喝得越响的东西，恰恰就是最缺的东西。就像当年张艺谋的《山楂树之恋》，打着"纯爱"的旗号，告诉我们"纯爱"早成传说。

翠峦的纯净，我从未听说过——岂止"翠峦的纯净"——关于翠峦，我都从未听说过。

直到我看到它的山川、雾凇、冰河、落日；直到我在它的脊梁上跋涉，听冬鸟在林中间啾啾；直到正午金色的阳光铺啦啦洒在白雪上，大地一片粲然，那光芒弄疼了我的眼，柔软了我的心。

山河无语，静雪无声。我知道了，什么是真的纯，真的静。

滑雪场：各有各的爱

对于在新疆出生的我来说，看到雪峰雪野，其实不是什么神奇的事。但翠峦的雪场还是让我小惊异了一下。

正值元旦假期，空荡荡的雪道上，星星点点的红红蓝蓝的滑雪服。人们懒洋洋地跟着拖迁上山，再慢悠悠地滑下来。没有挤来挤去抢雪道的人，也没有叽叽哇哇有人摔倒的声音，更没有很多滑雪场大喇叭里没完没了的《最炫民族风》。这座硕大而装备齐整的"名人滑雪场"，就像它所在的这座翠峦小城，宁静，安然，以漫山白雪接纳着远方与近处的来客，不张扬，不迎合，不夸张，不喧腾。

自知肢体协调能力太差，我乖乖拖了个轮胎从山坡上往下滚。这雪可真软啊，坐在里面就好像坐在沙堆上；这雪也真暖和啊，太阳在头上晒，白雪垫在底下，从神经到精神就都懒懒的，恨不能干脆躺在那里睡过去。

坡顶上不知什么时候站了位老大爷，七八十的样子，拄着拐杖白着头，脸色红润，一脸慈祥地看着我们。我望向他，一身衣衫跟我比起来简直就是俩季节："您不冷啊？"老人笑微微："不冷啊！""您这是来散步？""是啊，随便走走。"然后，就华丽地转身，又往别处溜达去了。

当然更有冰雪勇士。跟着潘小鱼往雪道上去，戴着雪镜的曲大涛正从山上"溜"下来，短衣小伙还挺帅。嘴巴里直絮叨："这雪真好！这雪真好！！"皂姐红衣蓝裤，小脸儿透亮，乐哈哈正继续从山底往山上窜："我还要再滑一次！"

转头去找名记大哥，远远一个黑色沉重的身影正半跪在雪地上拍照。我记得十分钟之前他好像就是这个姿势——有些瘾，你真没法用理性的脑袋来理解。

我坐在雪场大堂的小藤椅上晒太阳。窗外，山顶有风吹过，卷起千堆雪。

抚育河林场：穿越、血肠、大土炕

听说，"翠峦"这个名字是日本人起的。不只翠峦，伊春、抚育河……东北有很多好听的名字，都是日本人起的。日本人真讨厌。

往抚育河去的路，让我想起《爸爸去哪儿》最后一站的场景。原来，空山雪野、万籁俱寂是真的存在。白茫茫的雪地里，车辙少有，人的足迹也经常会被隐藏在更加浓重的雪色中。人们远远近近地前行，有说话的，也有沉默不语的。有半途停下来滑雪爬犁的，也有如名记大哥者，一路摄色不止。我回头等他，高高的树下雪路洁白，他像雪中缓行的马，黑黑一小点儿，背景是瓦蓝瓦蓝的天。

潘小鱼穿翠绿滑雪裤，呜呜哇哇滑着雪爬犁从山顶冲下来，一头扎进路边雪堆里；皂姐不甘示弱，自己拖着爬犁一步步往坡上吭哧，然后也哇哇大叫着滑下来，好像红衣女侠骑着马。比起我们这些外来客，伊春赵师傅穿着实在单薄。他正认真地在冰上抽冰嘎，那粉红色的小玩意出溜出溜就是不听话，于是另外几个大男人也过来试。像一群回到童年的孩子，鼻头冻得通红，嘴巴笑到耳根。

雪野是天然的游乐场。人人放轻松，人人都是顽童。

我和宫小二手挽手小心翼翼地走在冰河上。雪片是菱形的花，一派繁荣地洒落在沿途的冰面上。偶尔也会有些地方，脚踩下去就软乎乎留个坑。低头看冰面，隐约有水簌簌流过，像岁月漠然的脸，不留一丝痕迹。宫小二啊呀啊呀惊叫着往路边逃去，却一不小心扎进雪丛中。褐衣红裤的姑娘再不出声，只低头蹑手蹑脚，一步步慢慢退回冰面上来。眼镜下红扑扑的脸，是无敌的青春赤裸裸的炫耀。

我和名记大哥立在原地，等宫小二往回走。其他人已经远远走开，阳光下的冰河亮出幽幽的蓝。我们都不说话，于是天地也都不说话。静谧的空气里，冷冷地渗出些味道来，是雪的甜，是冰的凉。

想知道翠峦人的热情和东北人的实诚吗？尝尝周家大姐家的午餐吧。那些大盘子大碗。东北酸菜炖排骨、特色血肠、肥嘟嘟的小泥鳅……据潘小鱼说原本是有餐标的，可是抚育河人似乎还没习惯用家常菜换真金白银。对他们来说，远方来的都是客，是客，就要盛情相待，就得扎扎实实。人们个个儿吃得脸红耳赤，小小的屋子里，雾气氤氲升腾在空中。隔着玻璃能看到主人家的土炕，正有精壮大哥脱去厚重行装，赤膊着跨栏背心，抽烟喝酒，一脸惬意。

这是东北人的夜。屋外是呼啸的冰冷，屋里是春意融融。

晚上住在周大姐家的土炕上。男男女女一溜排开，热乎乎的炕，花红柳绿的窗帘和炕席。半夜里有人打呼噜、有人磨牙，也有人彻夜难眠，想山中的树木、大地上的雪——呃，当然这是猜测。人类最终放弃群居选择一家一户关起门来过自己的小日子，大概正是因为有人睡觉打呼噜而有人有神经衰弱症。而东北山野土炕上的夜谈与嬉笑，像沙漠里偶遇的清泉，因为极难得极少见，所以极清冽极难忘。

半夜醒来出门，空气是被冻结的块儿，一时间反倒感觉不出冷。只有天空中碎钻一样洒满的星星，左边一闪，右边一闪，晶晶亮亮地喧闹着，好像天庭有群孩子叽叽喳喳在开会。

白天和宫小二一起跟着几个男人去穿山。带队的大哥头发稀少，门牙还少了一颗，面相却慈善又和气。那么厚的雪，那么陡的坡，人家两手背在身后好像在自家后院散步。对于一个无可救药的超级路盲，我实在不能理解那种抬头便是雪，转眼全是树的山林里，他是怎么辨别方向的。

雪厚的地方，一脚踩下去就到了大腿。于是所有跋涉就真的是跋涉，需得高抬腿浅落脚，才能赶得上前面的人。这一程下来，无异于一场中等强度的体育锻炼。冷却几乎完全没感觉到——很奇怪，人人觉得东北冷，来之前甚至有人吓唬我：元旦去东北，简直就是找死！可是从头至尾，是真的没觉得冷啊，就好像这大雪真能保温一般，山路走得时间长了，身上甚至会微微地冒出些汗来。

只是，如此这般的雪野里，真不敢有半点掉队。深林像藏着巨大秘密的迷宫，树们全部高耸入云，即便在萧落的冬天，那些枝枝杈杈仍能在空中手拉着手。我只能一步紧跟着一步地往前奔，眼睛紧盯着前面老千羽绒服的明黄和宫小二滑雪裤的亮红。好在涛师傅走得悠闲，不紧不慢，总在身后。絮叨是絮叨点儿，心倒是渐渐安下来。

山里的黑来得那么早，穿山的一群人在最后的光线落下去之前，拍了张合影。天荒地老的雪原上，人人都笑得很美。

有一种生活叫"让人艳羡"

你要硬说翠峦和抚育河与"双重奏青年旅社"没关系，也行。反正对老板娘潘小鱼来说，这个八张床的小地方，已经足够让她忙活了。人来人去，好像一幕幕活报剧。她是坐在台下的看戏人，台上潮起潮落，她自微笑欣赏。

只是辛苦了潘大爷。他像一位盘踞在"双重奏"厨房里的魔术师，变着戏法地往桌上端好吃的。一个对美食极致追求的人，运气通常不会太坏，所以潘大爷遇到了潘小鱼，并且结成一个神奇的组合，在翠峦这个宁静而偏远的小城里，看夕阳，数落雪。

伊春真是一座神奇城。在全中国被雾霾压得喘不过气的冬天里，这里的太阳每天都像个赤裸的大娃娃，乐呵呵地坐在天上俯视众生。植物园犹如被人遗落的明珠，静静看着我们这些外乡人大惊小怪进去，又默默送我们依依不舍地离开。站在空茫的雪野里，我第一次相信了，这座城市"全国森林覆盖率第一"和""空气最好"两个名声真不是浪得虚名。

所以，你怎么能怪我对潘小鱼的生活充满了羡慕与嫉妒。尤其，当我可以在冬天的屋里穿短袖，当我能光着脚，在她的阳台上喝一壶暖融融的普洱茶……

莫怪我柔肠百结太多情，只怨这山水人间太诱人。

伊春，翠峦，双重奏。

我来了，我走了。回见。

再见兰州

走过了不少机场，似乎只有从兰州中川国际机场出来的那条路，两边都是山。我在渐渐低沉的夜幕里看着那些山，恍惚间有些纳闷：同样是山，怎么就是感觉跟青岛的不一样呢？

终于转过一个山头，看到山间几个貌似窑洞的小门时，我突然明白：是因为这些黄土吧。

青岛的山，只有石头，鳞次栉比的，怪模怪样，全都硬邦邦的。而兰州的山和我家乡的山，都是覆盖着黄土的。总有一些琐碎的小草从黄土底下钻出来，怯生生的绿，挡不住那一山的黄。

这就是西北的山吧，直到看见它，我才终于意识到自己又一次接近这块土地了。

从青岛出发的时候，35 摄氏度；中午在西安，38 摄氏度；晚上 7 点在兰州下飞机时，广播里预报地面温度：24 摄氏度。我独自坐在兰州东方大酒店的楼下，窃窃欢喜着。看来选择在这个全国暴热的季节到兰州是对的。

夜风轻轻地吹，来接我的车子呜呜啦啦直嚷："这几天其实挺热的，咋突然就要下雨了？凉。"

有五年没见车子，除了肚子凸出来了一点，他几乎没有变化，包括无时无刻地红着脸，浑身酒气。

我笑话他："果然是混成兰州广电事业的领导层啦。真就一天三餐，无酒不欢了。"

晚上，我们在他那接近 200 平方米却几近荒废的"豪宅"里，趴在露台上看夜景，看那近得几乎就在眼前的黄河。好像十几年前，我们一群人在宿舍楼的顶层，趴着看楼下的麦田、对面宿舍楼的灯火和赤膊的男生。

只是我们都知道，这许多年过去，有很多事情不一样了。人们纷纷忙碌在自己的小生活里，突然停下脚步来看对方，才发现所谓沧海桑田，也不过是每个人一小截一小截的人生，在旁人所不知的时光里，翻天覆地变化着。

前年在成都与小中会面，他的屋里还有当年学校发的被单和枕套，连沙发上都铺着蓝色带学号的毛巾被。七八年前来兰州，车子的单身宿舍里，这些东西也是有的。

而如今他的新家，这些痕迹再也难寻。事实上，我那一整套学校发放的寝具，在我远离的家乡，因为父母乔迁新居、妹妹结婚之后，也都消失殆尽了。

但很多事我却仍然记得，记得那些床单的花色，记得白色的搪瓷饭盆，以及那上面红色的我的学号"156"——那一年，我是全班最后一个到杭州报到的，于是学号也就成了全班最后一号。

瞧，每次都是这样。兰州似乎是代表着我的故乡想念与大学想念的双重符号。在这里，我一面能听到与我的家乡相差无几的口音，一面又能牵扯出许多已经渐行渐远的人事。那些记载着我最难割舍的大学时代的人来人往、悲喜欢乐、匆匆岁月。于是，这座城市就总是惴惴地在我心里留着些位置，不亲不近，却又不离不舍。

现在看起来，兰州真是很给我面子。连续几天都阴着天，小风凉凉的，步行了四五站地儿，总也不舍得坐车。终于找了家牛肉面馆坐下来吃饭，然后欢天喜地给青岛的朋友发短信：这才是正宗的兰州牛肉面呀，香！

（2015 年 7 月）

话说厦门

如果还有一次重新选择生活的城市，厦门，也许是首选。

一个人和一座城市的缘分，有时候比人与人之间的缘分还玄妙。你之蜜糖，我之砒霜，很常见。我却是打心眼里爱那座城市。虽然，只是那么短短的几天，匆匆地相见。

卢师傅

租了当地人卢师傅的车。他眼睛大大的，说是四十多了，看上去却不过三十出头的样子。话不多，说快了我们还听不懂，但绝对热心肠。帮选线路，帮找导游，帮还价。

到土楼的时候，一直下雨。我们啪叽啪叽踩着泥水上车，发现他已经在每个人脚下垫了报纸，却一句要我们小心别弄脏车之类的话都没说。我一路都对满山的香蕉林感兴趣，他一声不吭就自己停下车来钻进香蕉地里去，一会儿就摘了根绿哇哇的香蕉给我。

临走时留了电话，说再有去福建旅游的可以找他。结果前两天还真有朋友经我们介绍去了。没多久接到卢师傅电话，说这仨姑娘太厉害了，讲价讲得他都不知该说啥了。一想到不善言辞的卢师傅瞪着一双圆眼睛，跟几个青岛大？还价的样子，一脸无辜，磕磕巴巴，我就笑得不行了。

民风

有一年出差，在广州大马路上遭遇名为化缘实为抢劫的道姑，这经历让我始终对南方人心存芥蒂。但遇到的厦门人却全都是热情的。但凡问路，必要给你说得清清楚楚，甚至我们自己都已打算走开了，对方仍锲而不舍想要再说得更明白些。从中山路走出来，进到一间小超市，想问店主大婶去往住处的公交车怎么坐。大婶说了半天也没说清，却仍追出来站在门口，一直看着我们找到了公交站牌，这才放心转回店里去。

去厦门之前查看攻略，有评价说，厦门人幸福感很高，心态普遍"平和中庸"一座城市，要达到怎样的生活状态，才能用这样四个字去定义呀！

美腿

在厦门，LU 姑娘最喜欢问我的话是：看看，在厦门，你也算是胖人吧！

我通常回答：对对对，我绝对胖子一个。

在厦门，你几乎看不到胖人，无论姑娘小子，还是大爷大妈，想找个身宽体胖的，真心不容易。站在公交车站，我和 LU 看着前面五六个女子的背影，无论高的、矮的、老的、嫩的，全都长着两条直溜儿细长的美腿。而且在这么阴冷的冬天里，苗条的厦门女人个个儿都穿着薄薄的丝袜和短靴。这一路的黑丝诱惑，看得几个北方女人口水连连。俩字：嫉妒！

BRT

厦门是我所见过的中国城市里，公共交通做得最好的。

从厦门机场出来，乘公交车半小时，直达市中心。几乎所有想去的地方，都能通过公交车到达，整个城市的公交线路，就是一张大网，大小地标，尽数网罗。另外，我在厦门第一次知道了 BRT（Bus Rapid Transit，"公交车捷运系统"或"快速公交"），是一位厦门当地的女孩子推荐的。车站很亮堂，而且空旷。五毛钱一张票。从头到尾。

出租车却不便宜。在厦门几天，只打了一次车，算来算去，后悔得不得了。

中山路

是不是中国所有的城市，都有一条叫作"中山"的路？又是不是所有的"中山路"，都曾经或正在是这座城市最繁华的地方？

游览厦门的中山路，自然脑补《疯狂的赛车》中黄渤开汽车狂奔的桥段。几乎每一条街道的尽头，都有一个半圆形大回环路；竖在当地的建筑，通常都是一幢弧形身材的洋楼，昭示着这座城市曾经的殖民地身份。

以中山路正路为主轴，周边密布着很多狭窄的小巷子（有人说像"丰"字，我却觉得好像一只蜘蛛的很多脚）有些小巷窄到只能一人通过。巷子里各式各样、面积很小，却一望便知都是年代久远的小店。小百货、小五金、工艺品、臭豆腐、甘蔗汁的……与外面灯火通明、时尚感极强的主街相比，这些小巷幽暗僻静，小店古朴甚至有些脏乱，却时时透着一种生动的人烟气。

美食

厦门美食，其种类之繁多、寻觅之快捷、海纳之广泛……整场厦门游，我们总是在吃从来没吃过的东西，又总是处在肚儿圆圆却仍忍不住继续觅食的状态。而餐饮方面的花销，却几乎可以忽略不计。

蛤仔煎是必须吃的，椰汁是不能不喝的。砸开壳直接喝的纯椰汁，比什么椰风啊椰奶啊，清凉甘甜多了。但厦门人吃甘蔗的方式却是我不能接受的。大街小巷里，几乎所有水果摊前都有一台甘蔗榨汁机，中山路上，到处都是举着杯甘蔗汁闲逛的人。

对我来说，甘蔗嘛，还是一口一口，连啃带嚼，边扯皮边吐渣的吃法，最美。

（2010 年 1 月）

夜雨西宁

一个人旅行的最大好处，就是你可以不用顾及任何人的意见，也可以整整一天，一言不发。

没有人在你想要去逛城隍庙时，她说要去购物街。也没有你想去登野山看风景时，他说要去寺庙展览馆。

当然也有小麻烦。比如不小心同了一路的旅人会小心翼翼左看右探，最后终于忍不住："你，真的一个人，姑娘家？"

随之而来的好处是，他在某个景点下车，然后欢天喜地举了几串牦牛肉递到眼前："尝尝，挺好吃的。"

第一次吃烤牦牛肉，味道还真不错。

与绝大多数同等城市类似。这里的大街小巷播放着"小苹果""狼爱上羊"，随处可见银联标志；市中心最繁华的商业大楼，起个名字也叫"王府井"。只有各种醒目的"清真"标识，以及戴着白帽子的男人、蒙着黑头纱的女子，昭示着这座城市的与众不同。

回到宾馆时又迷了路，半天找不到房间，有年轻姑娘热情引路，黑色头纱下，粉白的面颊和尖尖的小虎牙。

问："是回族人吗？"

笑眯眯回答："是哒。你也是？"

我当然不是，回族姑娘多美呢。可她一口陌生又熟悉的西北腔，却又让我恍惚间失了神。

这座城市正在下着不大不小的雨。冷，清清淡淡的冷，让我不能不感怀离开青岛时几乎让人窒息的闷热。夜里的灯火，却真是不如其他省会城市那么放肆。下过雨的街道在暗的路灯光下，明明灭灭着幽黄的光亮。

几乎所有新闻，都在播青海的洪灾，那深夜举家搬迁的老者，让屋里头欣喜着这场雨的我，心里好生仓皇。

此刻，我在西宁。风雨如晦，万念沉静。

溜号去凤凰

手机微博置顶处有一行字：如果心累了，你最想去哪里？

回头想想，这些年我的每一次拔腿就走，都是在胸闷到几乎要死掉的时候。

我对生活有太多的妥协了，弄到最后连发言表白的欲望都已消失殆尽。好在，生活也算够意思，它送给我一份礼物：时不时地，溜个小号。

所以，我也该对生活顶礼叩谢吧。虽然，对它，我常常相当无语。

这一次，我选了凤凰。

1

凤凰是我所见过的遭到破坏最严重的古城。虽有思想准备，却还是被惊得不轻。

满城遍布白被单与捣衣声，都是公用品。洗餐具与洗卧具的女人挨在一起蹲着，露着白生生的半截腰，干活。沱江像一块凝固的绿果冻，站在岸上就能看到厚实的水草，像巫婆的长发，顺着河流铺满水底。画面很惊悚。

想必沈从文早在天上捶胸顿足，懊恼难当。

2

吃得却很好。性价比高，而且极合我的嗜辣。尖椒炒红辣椒，过瘾。临沱江的一家小馆儿，有道菜叫"爆炒鸭脚掌"找来找去不见半点荤腥，其实那是一种绿油油、脆生生的野菜，名字就叫"鸭脚掌"

逛得实在累了，抬眼看到"新华楼"，进去才知是长沙老字号。味道特别好，直吃得脑顶冒汗。只可惜没有本地啤酒，普通青啤 6 块钱一瓶。

所有饭店都不提供免费餐巾纸，需自带，或买。大宾馆与小旅社的洗漱用具也都一样。这倒是强过很多城市。

3

有一次和朋友坐在机场大厅里，看刚刚下飞机从通道走出来的人，一个接一个。她突然说："怎么感觉人人都奇形怪状的。"

其实，旅途中处处可见各种"奇形怪状"的人。对导游姑娘猛灌酒、套近乎、动手动脚，是我最不待见的。

一个人在沱江边吃饭，隔壁正是一群操东北口音的大老爷们儿，以各种理由让那个操南方口音的导游喝白酒。姑娘为难，但始终笑着。温言软语答话，却始终没喝进去半口。旁边看着，既心疼又佩服，然后想，人还是不能做坏事的啊，无论在任何地方。一不小心，你就成为旁观者眼里"奇形怪状"的人了。

4

和大理古城南腔北调的店主不同。凤凰古城里的店铺多为本地人经营，包括街头卖唱的小朋友，都是顶着一头惊人的乡村洗剪吹，唱腔里掩饰不了的平翘舌不分。外表看上去时尚又文艺的酒吧里，要么坐着普通话费劲的本地姑娘，眼神空洞；要么坐着穿玫红棒针毛衣的大婶，露在外面的秋衣袖口拖着线，紫红色。

夜间的沱江边，三步一个慢摇吧。从门口经过时，能看到两个衣着聊胜于无的娇小女子在台上扭胯。下面的客人通常看得很木然。这种乡土气城镇与现代娱乐的嫁接，诡异又尴尬。凤凰却好像将它发挥到了极致。

5

投宿的旅馆老板，美女一枚。浓眉大眼，有点儿袁咏仪的味道，一点不像南方女子。说起话来也是豪声爽气，还特别热心。给我指点这个指点那个，拉着我跟她一起吃自家厨师炒的家常菜。

一大早却在宾馆门外跟人吵架吵到气喘吁吁，满脸绯红。她大声咒骂的是一个细瘦白皙、嬉皮笑脸的男人，她的丈夫，每天只会开着车到处玩，宾馆的事都忙死了，从来不管。

问："你们夫妻开的旅馆啊？"

答："我的，不是他的。"

6

凭着美女老板给的一张地图，我持续不断走了7小时，几乎逛遍了古城里的每个巷道，每一座城门。

当然，以我奇葩无比的方向感，一条巷子走好几遍，回头路数不胜数，都属正常。引以为傲的是，这一天，城里城外转了几个遍，我没有坐一次车、问一次路。这果然是相当"精准"的一份地图，几乎标明了古城内外所有道路，甚至每一间哪怕只有一个柜台的店铺。

古城，原来就是一座小商品城。

7

很多人问我，凤凰好吗？失望吗？啥时候去合适呢？

凤凰好不好，那都是我念想了很久的地方。有时候，完成心愿，是一切旅行理由里最不容置疑的一条。所以没有失不失望。只是不会再来了吧，据说除了 12 月，全是人。

还有，千万别相信从长沙到凤凰只要五个半小时的说法。那是扎扎实实、一路畅通的 7 小时，甚至更长。

8

回程，晕车晕到七荤八素，却遭遇了旅行史上素质最差的同行者。从深圳来，女的，一群，六个。

一刻不停地高声斗嘴。抢别人窗帘给自己遮阳。座位下海量的瓜子皮和饮料罐。后座那位持续不断地用腿顶我的椅背，还抖。其中有人带着个四五岁的小女孩儿，不知被她妈妈说了什么，尖着小嗓门一连高喊了六个"操！"全体哄笑，一群当娘的。

车外田野上有农户在烧荒，司机关了车顶窗。一卷发女人厉声质问："谁在抽烟？真没素质！"想必是被素质影响了智商。

9

一路心情寡淡地走过，此时此处，却没法不胸闷。连这样一个需长途奔波才能抵达的地方，都已经人满为患。且，是这样一群人。

儿时，即便不是真的懂，却也很向往那样的风景：空山不见人，但闻人语响。返景入深林，复照青苔上。

下一站，我们又能到哪里，寻到哪样的去处？

（2010-11）

如你在远方

此地阳光恹恹此地氛围涸涸

你已疲惫窒息于此地的世俗喧嚷与愚昧

远方有海有山与林

远方总是飘扬着你的梦

那地图上找不到名字的小镇

不再哭甚至珍惜每一声叹息

你欣然活着

——许达然《如你在远方》

真美

上岛的第一分钟，我就被路口那条破船吸引，蹦魅着跑去要拍照。几个手机镜头对着我的时候，一辆被装饰成五麻六花的"三蹦子"呼啸着擦身而过。骑车男子高声叫着：真美真美……我脸上用作拍照的假笑还未及收回，哗啦一下就真开心起来：敢情这是说我呢。赶紧抻了脖子大声道谢。人家可早就突突突突……一骑绝尘走远啦。

我愣愣怔怔傻笑。天海蓝成一片。真美。

砣矶

砣（tuo）矶（ji）是个岛。从蓬莱渡口出发，即使风平浪静，也要在海上漂3小时才能到达。这里原本是长岛县居民最多的岛，只是这些年，青年纷纷出走，连孩子们也去了岛外求学，村里人烟渐少。最近20年，砣矶岛唯一一次被世人关注，是在2003年"2·22"渤海沉船事件中，热情善良的砣矶岛渔民对海难遇险人员的无私救助。

我们上岛的这一天，云平海阔，风轻浪静。只有围墙上大大的警示标语，暗示着这里曾经历过的波浪滔天、风起云涌。

颜色

除了大清早村口老人咿咿呀呀倒了嗓的民间戏，多数时候，村子里是静谧的。曾经著名的长岛风光"砣矶岛，三大宝，大红裤子大红袄，穿着绣鞋满街跑"，如今早已踪迹难寻。

人少了，岛上反倒显出些格外的整洁来。一幢幢石头屋子沿高高低低的地势自然修建。高则加几级石阶，矮则就坡地一路下行。每一块墙上的石头、每一处地上的拼接，都好似被海水亿万次地冲刷，沟沟壑壑、棱棱角角，无不藏满故事。

房屋颜色却是一径儿的大胆。门是明黄，墙是翠绿，还有红格缨缨的屋顶与门廊。在蓝到滴水的天空下，如许浓烈的大色块，揭穿了海岛渔村淳朴的民风里，掩藏不住的泼辣。

微笑

我们一群陌生人在村子里招摇，很久都难见人迹。如果不是门上簇新的对联，还有门前硕大笨拙的自行车，你会以为这里其实根本无人居住。阳光穿过屋檐，把人们的影子三三两两投在地上，一只只有三条腿的狗半信地看着慢慢逼近的人群，犹豫半天，才一扭一扭地跑开。

我一路追它到家门口。它倒也并不惊慌，背对我端端坐在门前，然后施施然回头看我。那水汪汪的眼和咧到耳根的弯嘴巴，分明就是在笑！

也终于有一家门前，三五个老太太席地坐着。窸窸窣窣地聊天，顺带着我们一眼，不以为意。直到有人举起照相机对准她们，这才赶紧扭扭身子，把自己放端正，看着镜头呵呵笑。

石头

砣矶之名，尤在美石。所谓"砚台石""盆景石"，并未得见，却真的在海边看到了彩色石。满滩满谷的彩石，以青碧为主调，夹杂着赤、黄、黑、紫、白、绿，花花绿绿，像村里的房屋那样，随波荡漾的闷骚。更有大块赭石色岩石，在阳光下闪闪烁烁，金丝万点。

村中有识之士，在海边以鹅卵石铺了路。白白的圆石头，大大小小，密密匝匝，一路平平展展直往海边修去，粗看竟有爱琴海边希腊城的风韵。就着蓝到几乎凝固的天幕拍了张臭美照，一发朋友圈，立马有人问"这是到了哪个国家？"

我就在长岛啊，我就在砣矶。海水哗哗冲上来，石头们快活地闪光。光着脚丫子，凉凉的。

星星

村里人少了，海鸥成了主人。层层簇簇，飞上去落下来。于是第一次听清了海鸥叫。啊啊啊啊，九曲十八弯的，好似女人在撒娇，一声声跌落在潮起潮涌里。

到了晚上，海鸥们都收了声，变成天上一颗颗的星星。久未见过星空的城里人啊，一路走一路仰头数。大惊小怪，欢欢喜喜。

夜的渔村，黑是真的黑，心却静得安稳。高壮的范姓乡长，小醉微醺。扯着我们指着海："你们应该早上到海边看看。海水特别特别清，能看到水底的海草，都一根一根站着，直溜溜地，像士兵一样……"

一口烟台话的范乡长，长得却好像我家乡的哈萨克人。说到清清的海水和直溜溜的海草，他琥珀色的眼睛里闪闪亮亮的，就像天上的星星。

想象

你说
你将聪明故乡的愚昧
高贵故乡的世俗
无论人们怎样待你
你并不是那怕失望而到渔场钓鱼的绅士
你是那到大海钓鱼的渔夫
失望惧你
你还惧什么？
然后，你终会忘记，你曾在远方。

你到底有多爱远方

砣矶岛，位于辽东半岛与山东半岛之间的渤海海峡中央。有且只有船运可达。从长岛出发，1 小时；从蓬莱出发，3 小时。

1

起个大早，赶个晚集。

赞姑娘海边溜一圈，带回一句话：能见度，5 米。

我"腾"就急了，撒丫子往外跑。对于这座小岛来说，大雾就意味着寸步难行。之后两天都与人约了事儿，这要真是困在岛上，麻烦可就大了。

兜头就是一坨雾，路口早已看不出模样。我急忙往海边冲，左侧里嘟嘟响着并不急促的喇叭声。停身躲闪时，小面包早到了近前，忽闪两只昏黄的前车灯，从我身后悠过去。海也早已不是海，只剩从天到地一径儿的白，浓稠不散。

岸上倒是比平日里多出许多男人来。想必是无法出海的渔人，三三两两，黝黑脸。叼着烟的，一条裤管卷上膝盖的。一面打着惺忪的瞌睡，一面大声相问："这雾要到几时才能散？谁晓得呀，咋感觉越来越浓了……"

2

回到住处，不得不早起的人们正在抱怨。行李早就收拾好，归期却全无消息。平日里铺满阳光的小院，此刻好似整个儿泡在水里，浑成一片。有人面面相觑坐着，有人困劲儿又起，钻屋里睡回笼觉去了。

我里里外外蹿了 3 遍，又抱手机刷了两次天气预报，最后只能假装捧本书。百爪挠心。

宾哥坐在旁边嘿嘿笑："急啦？"可不是急了。与人相约，受人之托，爽约总是不好的。赞姑娘一脸见惯不怪：等着吧，反正我们是困过六七个小时的。这种雾，没点儿。说完，她打开手机放音乐，张晓松蓝调口琴《在那遥远的地方》

店主大姐匆匆从厨房出来，放下个暖水瓶，又匆匆回了厨房。我两次上岛，每次都到这家名为"闻涛"的渔家小院儿。瘦瘦的大姐好像长在厨房一般，从早到晚，永远都在做饭。昨天夜里 11 点多，我起身上厕所，发现她刚刚送走最后一桌客人，一身疲惫地坐在小院儿的黑暗里。

男人们都出海了吧。这座远离尘世的岛上，除了老人就是女人，连孩子都到岛外上学去了。

3

也有不出海的男人。头天遇见一位老木匠，65岁了，一天海没出过，一条鱼没打过。就做木工，就做"大瓜篓"那是一种巨大的木质帆船的名字，旧时长岛地区渔民出海打鱼的主要交通工具，载重量可达20吨以上，砣矶岛曾是使用"大瓜篓"最集中的地方。

老木匠名叫王诗群。20世纪70年代末，"大瓜篓"逐渐被机动船取代。他改行给人做棺材，业余时间琢磨着做些木雕、石刻，竟也渐渐在当地搞出些名气来。可是面对我们的镜头，他只是拼命摆手：不要宣传不要宣传。都来找我，烦得很。

4

对我们却热情得要命，把自己的宝贝都拿来看。迎出来时伸手就要帮着提设备，那么清瘦的老人，那么重的灯箱，一把就拽过去，差点儿把胖胖的隋同学一并揽进怀里。离开的时候，我们上车，他站在高高的台阶上送，一直看，一直笑。

也是头一天，也是隋同学。采风途中，脑袋上莫名其妙多了顶太阳帽。原来是一家店主大姐，看到这大热的天儿，小胖子热得满脸通红，顺手就拿个帽子扣他头上了。全新的。

还有开车带我们逛岛的庞姓大姐。我们一个个儿的防晒服大墨镜，生生裹成木乃伊，她却花衬衣绿短裤，平底鞋大长腿，一路给我们讲霸王山、妈祖庙。浓重的砣矶口音，我们只能听一半猜一半，但那眼里的笑与憨厚，是装不出来的。

岛上有座佛道双修的寺庙。空阔整洁，佛音缭绕。一位穿拖鞋的大哥也是操着砣矶话，七零八落、前情后事，说得清清楚楚。只是不愿让我们拍照，说"我就是个负责安保的人，不拍不拍。"

要遇见几个人、几件事，你才能真正体会什么叫"民风淳朴"

5

不知过了多久，赞姑娘的口琴曲已经换成了佛乐，我的书也不紧不慢看了十多页。宾哥举着相机来回溜达，拍补觉的各位的睡姿，也拍我，然后发照片在群里：肖大瑶终于不焦虑啦。

并不见散去的晨雾里，小院儿安静，不由得让人心生欢喜。

突然就觉出自己的好笑了。有多少人，张口闭口去远方，心心念念桃花源。可又有多少人，能真的在三五天与世隔绝里，不焦虑、不寂寞？人人声称被高楼大厦禁锢，声色犬马搅扰，拼命嚷着要逃离去远方。终于有一天，可以只面对一片海、一条船、一天清宁、一夜繁星，又有多少人，在潜意识里真正爱的，却仍然是楼上楼下车水马龙、电视电话网络畅通？

心不安宁，所有对所谓远方的向往，都不过是叶公好龙。

6

远处突然传来汽笛声，大海的方向。

船来了。我却有点儿舍不得了。